李軍 編

孫毓修輯清人題跋稿本四種

國家圖書館出版社

圖書在版編目(CIP)數據

孫毓修輯清人題跋稿本四種/李軍編. —北京:國家圖書館出版社,2021.5
ISBN 978－7－5013－4874－9

Ⅰ. ①孫… Ⅱ. ①李… Ⅲ. ①題跋－作品集－中國－清代 Ⅳ. ①I264.9

中國版本圖書館 CIP 數據核字(2021)第 067553 號

書　　名　孫毓修輯清人題跋稿本四種
著　　者　李軍　編
責任編輯　南江濤　潘雲俠
封面設計　徐新狀

出版發行　國家圖書館出版社(北京市西城區文津街 7 號　100034)
(原書目文獻出版社　北京圖書館出版社)
010－66114536　63802249　nlcpress@nlc.cn(郵購)
網　　址　http://www.nlcpress.com
印　　裝　河北三河弘翰印務有限公司
版次印次　2021 年 5 月第 1 版　2021 年 5 月第 1 次印刷

開　　本　787×1092(毫米)　1/16
印　　張　24.5

書　　號　ISBN 978－7－5013－4874－9
定　　價　398.00 圓

知不足齋書跋卷一

歙　鮑廷博

古文孝經孔傳跋

古文孝經孔傳一册吾友汪君翼滄市易日本得之携歸舉以相贈博留意鄭孔二注有年矣往讀宋史載日本僧奝然於雍熙元年浮海而至獻鄭注孝經一卷越王孝經新義第十五一卷皆金縷紅羅縹水晶為軸竊意鄭孔亡逸於五代諸家簿録中皆未見復有藏本而宋時日本既經進獻鄭注則其國中留貽或尚可問因屬汪君訪之不意其所得者更為奝然之所未獻也孔傳先亡於梁亂續

悔庵書後卷上

歸安嚴元照

書手錄宋本東先生書說後

通志堂經解所刻呂成公書說乃成公門人時瀾增修之本時氏之序曰東萊夫子首據是書之蘊門人寶之片言隻字退而識錄見者恐後亟以版行家藏人誦不可禁禦其後又曰記憶舊聞伏而讀之芟夷繁亂翦截複雜俾就雅馴則是成公書說召誥以上固已有版行之本在時氏之前者迨時氏增修之本行而原書遂晦今已不復有見之者矣予去年傭書

悔庵書後

天真閣書跋

昭文　孫原湘　子瀟

建炎以來繫年要錄跋

建炎以來繫年要錄二百卷陵易李心傳撰心傳於端平中嘗修十三朝會要通知掌故特就高宗一朝之事重加纂述以國史日歷為主而參之以稗史家乘其有纖悉異同之處臚採諸說折衷以求其當或云不取或云從之或云當參考詳審精審較之李巽巖長編用心尤過之無論熊克張鑑也蓋當時南北隔絕傳聞異詞即案牘奏報亦多失實得心傳此編而是非褒貶使人尋繹自見此即春

第六絃溪題跋

續資治通鑑長編跋

常熟黄廷鑑琴六著

李文簡公續通鑑長編一書今世所傳僅存建隆至治平一百七十五卷蓋即乾道所進之本也其熙淳元年續進神哲以下四朝之書自元明以來久佚今七閣所儲永樂大典本雖缺徽欽二紀而熙寧訖元符兩朝三十餘年事迹犂然具在洵為北宋紀載之淵藪矣其中分注攷异詳引他書而于神哲之代尤多如國朝會要政要歷朝實錄時政記王禹偁建隆遺事王拱辰別錄司馬温公日記王荆公日記劉摯日記

前言

《清人題跋稿本四種》九卷，計《知不足齋書跋》四卷，清鮑廷博（一七二八—一八一四）撰；《悔庵書後》三卷，清嚴元照（一七七三—一八一七）撰；《天真閣書跋》一卷，清孫原湘（一七六〇—一八二九）撰；《第六絃溪書跋》一卷，清黄廷鑑（一七六二—一八四二）撰。近人孫毓修輯，均用『梁溪孫氏小緑天寫』烏絲欄稿紙，每半葉十行。分裝三册，各種前自有目録。

孫毓修（一八七一—一九二二），字星如、恂儒，號留庵，筆名緑天翁、東吴舊孫、樂天居士、小緑天主人等。江蘇無錫孫巷人。清光緒二十一年（一八九五）中秀才，旋入江陰南菁書院肄業，出任蘇州中西學堂教席。光緒三十三年（一九〇七），經人介紹入上海商務印書館編譯所任職，直至去世。曾主持編輯《童話》《少年雜志》《涵芬樓秘笈》《四部叢刊》等，著有《中國雕板源流考》《藏書叢話》《藏書考》《書目考》《江南訪書記》《留庵書跋》《小緑天藏書志》《小緑天藏書目》《緑天清話》《緑天瑣記》《歐美小説叢談》等。近代著名版本目録學家。

此稿本四種，係孫毓修生前擬印《題跋叢書》之一部分，於身後散出，轉歸吾鄉潘景鄭（一九〇七—二〇〇三）先生著硯樓。《著硯樓書跋》著録其中二種，其一《知不足齋書跋輯本》云：

此孫毓修氏所輯《知不足齋書跋》四卷，爲文七十九首，其出於《知不足齋叢書》者居其半，餘則采自藏家書録，及見聞所得，彙萃之功，可當不朽。余嘗見孫氏所輯各家書跋，不下二三十種，其後人曾索三百金，力不能得，即今思之，猶懸懸不能去懷也。此稿與孫氏所輯《悔庵書後》，先以四十金得之者，安得會群賢書跋而彙刻之，庶於目録版片之業，發揚廣大，豈不快哉！此册自《默記跋》以上，孫氏朱筆識語云：『丙辰夏六月，衆學生録畢，又手校一過，下留空葉，以便補輯。留庵記。』以下十二跋，則皆孫氏手寫者矣。墨格版心下有『梁溪孫氏小緑天寫』八字。己卯九月七日。

按：輯録此稿之丙辰爲民國五年（一九一六），潘氏作跋之己卯爲民國二十八年（一九三九）。《悔庵書後》一跋作於同年：

歸安嚴修能先生，精治目録版片之業，露鈔雪纂，垂老不倦。又明於經術，所著《爾雅匡名》《娱親雅言》，傳誦人口。其《悔庵學文》八卷，所録書跋又多未具，今藏家得先生遺著，每見先生跋語，考核精審，惜無有爲之裒輯成帙者。余頗欲掇拾其書跋，别爲一編，塵事雜沓，卒卒未果。曩歲小緑天孫氏書散，偶見其中有孫氏手輯《悔庵書後》三卷，多爲集中所未録者，孫氏竭數十年之功力，凡得跋文六十三首，書札一首，讀之想見先生畢生精力所萃，略具於斯焉。至其文字之精蘊，當與吾鄉思適居士相伯仲耳。安得奮吾餘力，爲之傳布，以成孫氏未竟之業，是亦藝林之快事，書此以爲左券。己卯九月三日。

柳和城《孫毓修評傳》以上引二跋爲據，專章討論孫氏之擬編印《題跋叢書》一事，而以未見二稿爲憾，并謂：『以上兩種孫毓修輯集的名家書跋，當爲潘景鄭先生所珍藏，歲月滄桑，諒必無恙。將來如能印出，真的「以成孫氏未竟之業」，不是不可能的事，但願這一天早日到來。』（上海人民出版社，二〇一一年十月，頁二七八）按之此稿，今存潘景鄭手書題簽曰『小渌天輯書跋四種』，下鈐『景鄭心賞』朱文方印。然則，潘氏當年所得清人題跋不止鮑氏、嚴氏兩種，知不足齋書跋、悔庵書跋、天真閣書跋、第六絃溪書跋』，下鈐『景鄭心賞』朱文方印。

孫氏《天真閣集》卷四十三至卷四十四；《第六絃溪書跋》一卷出自黃氏《第六絃溪文鈔》卷三，附録五首選自卷一、卷二，僅《三輔黃圖跋》《廣川畫跋跋》二則輯自他書。職是之故，疑潘景鄭不以孫、黃二種爲貴，乃未題跋，列入《著硯樓書跋》耳。

上海圖書館編《歷史文獻》第四輯載林申清整理《鄭振鐸致潘景鄭論書尺牘》第十四通，有云：

七日來信及《書跋》一册，均已收到。謝謝！《書跋》對研究古典文學的人很有用處。其中，提起孫毓修所編集的幾十種清人題跋（像《知不足齋書跋》等），不知有可踪迹否？從毛子晋的《汲古閣書跋》（此書亦極少見）起，如能像顧、黃題跋似的，搜羅重要學人們的題跋，那是很有意義的，而且用處很大。先生其有意於此乎？

時在一九五七年八月十二日，潘氏《著硯樓書跋》甫經上海古典文學出版社刊行，孫毓修所輯題跋四種稿本應尚在著硯樓中。既經鄭振鐸鼓勵，潘氏似頗有以之壽世之意。今觀《知不足齋書跋》卷尾《跋鬼谷子手校本》一條字迹，當爲潘景鄭手寫補入，正如《悔庵書後》跋所言『安得奮吾餘力，爲之傳布，以成孫氏未竟之業，是亦藝林之快事，書此以爲左券』也。惟不久之後，《文學遺産》便刊出管汀《這是什麽立場！：評潘景鄭的〈著硯樓書跋〉》一文，對傳統題跋之形式與内容不無訾議，《知不足齋書跋》《悔庵書後》等遂復深扃固鑰，問世無期矣。

鮑廷博題跋，今人劉尚恒、季秋華、周生傑等先後重輯，數量早已超過孫毓修所輯《知不足齋書跋》七十九首，而孫氏前驅之功，却不可抹殺。核之周氏《鮑廷博題跋集》、劉氏《鮑廷博年譜長編》所録鮑氏題跋，篇逾二百，洋洋可觀，今取兩家細目較之孫輯稿本，雖『所缺當尚多』（劉尚恒語），然仍有兩家失載者，是此稿之不可輕棄，兼嘆書囊之無底也。

至於嚴元照題跋，近百年間未見浙人爲之重輯。昔吾鄉顧廷龍（一九〇四—一九九八）先生積數十年之力，編纂《嚴九能先生年譜》稿，近始刊入《顧廷龍全集》中，似未及孫輯稿本，是此本之足珍貴，不言而喻。按之《悔庵書後》目録首頁天頭有孫氏朱筆批注：『《悔庵書後》三卷，長樂高真常爲佘寫成，可感也。丙辰六月廿二日。留庵記。』知此稿係高真常所手録，高氏係鄭振鐸岳父高夢旦本家，曾翻譯《慳吝人》《法朗士集》等，并參與《童話》編輯工作。而《知不足齋書跋》之《默記跋》下有朱筆小字一行：

丙辰夏六月，僉同學録畢，又手校一過。下留空葉，以便補緝。留庵記。

内中『僉同學』三字，潘氏《著硯樓書跋》作『衆同學』，惜不知同學爲誰何爾！客歲十一月，友人以此稿及明世德堂刻本《揚子法言》等數種書影見示，謂有賈人以之待沽，乃慫恿友人購此稿回蘇，越月往訪，檢驗原稿，則『僉同學』三字已爲賈人挖去，蓋欲以全稿冒充孫氏手迹牟巨價，而不知朱批早經《著硯樓書跋》著録，市儈之徒，無知無畏，弄巧成拙，竟有如斯者，不免令人扼腕。

此孫氏手輯四種，於今堪稱名品，且爲鄉先賢篋中舊物，倏忽百年，安然無恙，不意一朝重現於世，竟再遭一小劫，可謂造物弄人。諺云書比人壽，然聚散無常，恐有浮沉，亟商之南江濤兄，付之景印，一旦化身千百，不致沉埋湮滅，所以償孫、潘二先生之夙願也。沈丈燮元，年近期頤，祖籍無錫陡門，誼屬孫毓修鄉後學，而與顧廷龍、潘景鄭二老俱有過從，爲當今版本目録學界之魯殿靈光，輯録清黄丕烈《士禮居題跋》數十年，深知其中甘苦，因乞賜題署檢，慨獲允許。責編潘雲俠女史，匡正良多，於此統致謝忱。

辛丑三月望日，李軍謹識於吴門聲聞室

目録

知不足齋書跋四卷

悔庵書後三卷

卷中 …… 一八五

天真閣書跋一卷

第六絃溪書跋一卷

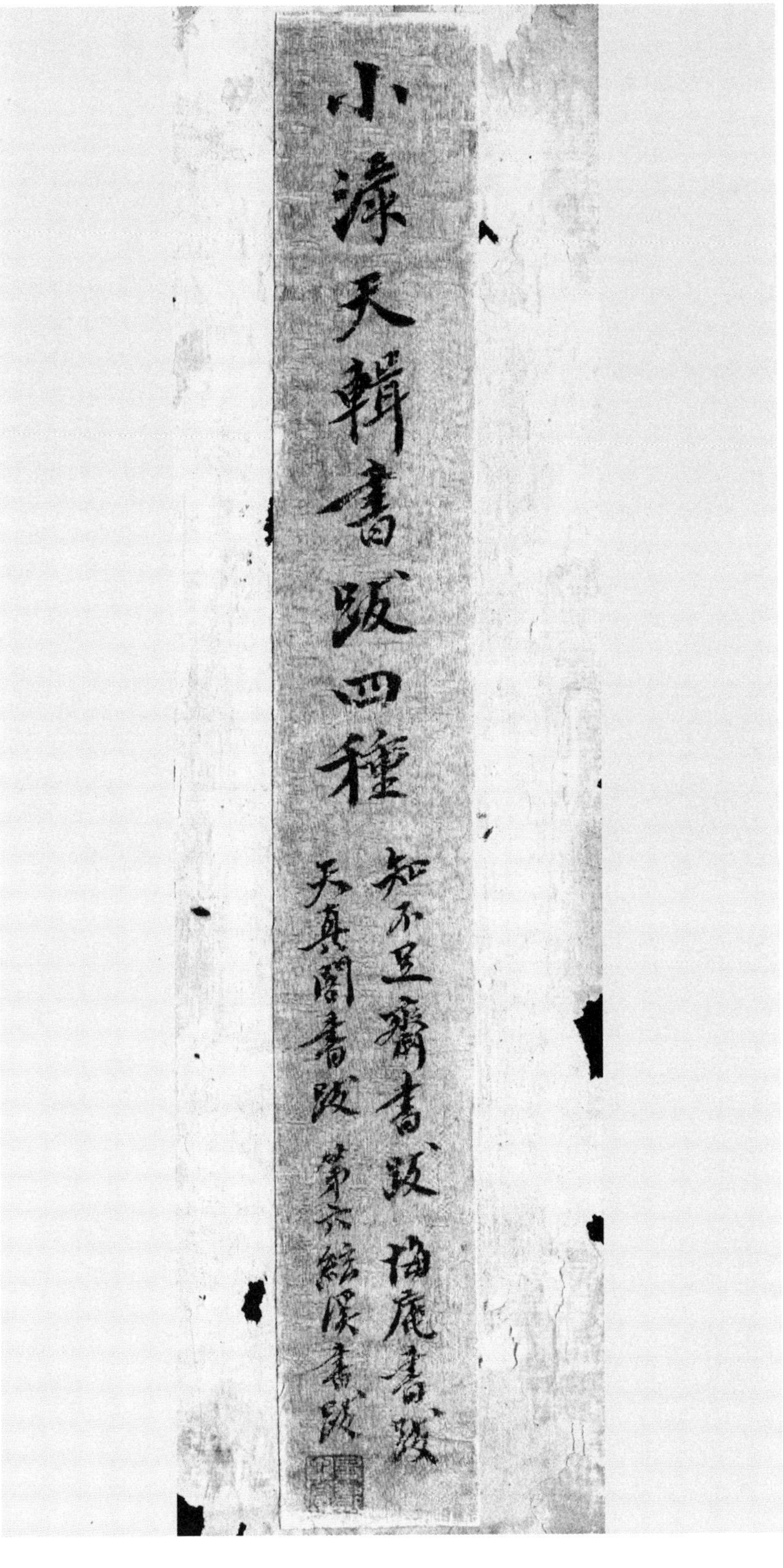
小渌天輯書跋四種
知不足齋書跋 陶庵書跋
天真閣書跋 第六絃溪書跋

知不足齋書跋目錄

卷一

鑒誡錄跋附查嗣瑮王阮亭汪士鋐朱竹垞曹楝亭趙味辛跋
侯鯖錄跋
松牕百說跋
吳禮部詩話跋附厲鶚跋
澠水燕談錄跋
老學菴談跋附郁佩先溥林吉人楊復吉跋
灤京雜詠跋附明人舊跋
陽春集跋
竹譜詳錄跋
示兒編跋

玉山逸稾跋

辛巳泣蘄録跋

日涉園集跋

芸隱橫舟稿跋

古逸民先生集跋

虛谷桐江續集跋

竹素山房詩集跋

嚴陵集跋

誠齋詩話跋

咸淳臨安志跋　附杭世駿跋

雲麓漫鈔跋　丙辰夏六月錄畢又手校一過下留空葉以便補得　留菴記

默記跋

武林舊事跋

吹劍錄跋

慶元黨禁跋

游志續編跋附錢穀吳翌鳳二跋

蜀檮杌跋

東堂集跋

雲溪詩跋

夾漈遺稿跋

洪亀父集跋

小渌天寫

知不足齋書跋卷一

歙　鮑廷博

古文孝經孔傳跋

古文孝經孔傳一册吾友汪君翼滄市易日本得之攜歸舉以相贈博留意鄭孔二注有年矣往讀宋史載日本僧奝然於雍熙元年浮海而至獻鄭注孝經一卷越王孝經新義第十五一卷皆金縷紅羅縹水晶為軸竊意鄭孔亡逸於五代諸家簿録中皆未見復有藏本而宋時日本既經進獻鄭注則其國中留貽或尚可問因屬汪君訪之不意其所得者更為奝然之所未獻也孔傳先亡於梁亂續

出於隋初唐儒辨爭遂遭廢棄諸儒論著從未引及僅見唐會要載司馬貞議引用則天之時因地之利注畧云脫衣就功暴其肌體朝暮從事露髮塗足少而習之其心安馬二十四字以今校之儼然尚存畧異數字而義更勝可知此本更出開元敕定之上也通本義字作誼未經明皇敕改尤為古本之徵卷首安國自叙亦多與先儒稱述之詞合又有太宰純序稱奮然適宋獻鄭注孝經一本于太宗司馬君實等得之大喜此即司馬氏古文指解序所謂祕閣所藏止有鄭氏也奮然獻書之年宋史作雍熙崇文總目作咸平據純序稱太宗其為雍熙無疑所謂司馬君

實得之大喜者蓋書藏於秘閣司馬氏從後得見之也所
惜者太宗好文之主既得鄭注不復更問及孔傳遂致古
本遺佚至今且既得鄭注不使流行仍歸淪廢經籍顯晦
殆有幸不幸焉又按宋三朝藝文志稱周顯德末新羅獻
別序孝經即鄭注者此語誤也五代史記高麗傳周世宗
六年高麗國王王昭進別叙孝經一卷別叙叙孔子所生
及弟子事迹明非鄭注孝經而新羅地近高麗并誤以高
麗為新羅矣考證所及因附記之是編較指解本增多五
十一字中間尚多字句不同之處今悉仍日本原書付之
剞劂復刊指解本正文於後以與同志者共質定焉原本

刻於其國之東都紫芝園太宰純序後有一印云字曰德夫末稱享保壬子梓行乃皇清康熙十一年也汪君所至爲長崎嶴距其東都尚三千餘里此書購訪數年得之甚艱其功不可沒云乾隆丙申花朝

寓簡跋

右宋沈寓山先生著先生名作喆字明遠吴興人丞相該之姪紹興五年汪應辰榜進士嘗爲江西漕屬以哀扇工詩忤洪帥魏良臣陷以深文奪三官以歸故是書首著以詩獲罪之論而於第八卷中亦微及其事焉先生嘗從人使金又自言曾官維揚及爲岳侯作謝表其他行事無可

考見所著寓山集三十卷己意及南北國語各若干卷俱佚不傳惟扆扇工歌載周昭禮清波別志然諱之曰寓客甲乎證以梅磵詩話直齋書錄解題而始曉然也是書間有鈔傳亦鮮善本前明畢孟侯叔昭昆季所刊尤多脫誤甚或黜竄原文并分段落繆本流傳徒增古書一厄耳此本為嘉隆間無錫姚舜咨先生舊藏曾經宋槧勘定丹黃滿卷手識如新所謂讀書者之藏書也郁君佩先得自小山堂趙氏始獲盡刊畢本之誤俾予刻入叢書以還舊觀當亦好古者所共快云乾隆乙未六月十有三日

客杭日記刻成小詩代跋

多情合遣到杭州錦字私箋客裏愁郤羨雨窗饒樂事一
尊相喚隔河樓
樊榭風流媿往賢雲山墨妙手親傳錦囊湘篋同珍重記
臥從今五百年（予傳樊榭先生手鈔本開雕）
尊前歡賞惜匆匆彈指誰留石火踪（謂七芙蓉閣燕集諸先輩）展放煙
雲重過眼可堪還問七芙蓉（事詳厲序）
玉躞金題走蠹魚都来有願米顛如巾箱乞與新開本津
逮人人足秘書
得聞居士鮑廷博題時乾隆壬辰六月朔日
公是弟子記跋

右劉原父先生所著題曰弟子記者殆託於及門所記録
歟按先生墓誌及宋史本傳俱云五卷今本祗一卷與晁
公武讀書志合當屬足本無疑也是書一開于乾道再版
于淳熙此承淳熙校本之舊尤稱完善雖輾轉傳鈔不無
小悞要勝乾道初刻也西江近刻劉子全書獨遺此帙因
為補刊以傳乾隆乙未上巳

獨醒雜志跋

浮雲居士藴用世之才行獨醒之志著書自樂以全其天
可謂賢已所著雜志十卷詞簡而事該識高而論卓同時
諸賢品題備矣予按行狀公母夫人年逾九十公奉侍唯

謹非甚不得已未嘗去左右今是書首述蔡端明母壽百
單二歲載筆之下有餘慕焉尤有以徵其孝思也惜自淳
熙丙午家塾版行而後迄今六百餘年别無雕本予感誠
齋序中有亡書無亡言之論亟爲開而行之若夫楮墨易
渝棗梨速朽百年以往再永其傳則又後世君子之責也
乾隆乙未重午日

梁谿漫志跋

右梁谿漫志十卷宋國子免解進士費袞補之撰梁溪以
梁伯鸞寓居得名在無錫縣城西南補之其邑人而行事
無可考所紀多當代前言往行而典章制度居三之一觀

其自序隱然有空言無補之歎蓋抱用世之志不獲已而
以述作自見者也然書成於紹熙壬子刻於嘉泰辛酉至
開禧丙寅即奉國史實錄院牒請以備參修去成書時僅
十有五年似亦不為空言矣第考補之所著自漫志外尚
有續志三卷文章正派十卷文選李善五臣註異同若干
卷仕雖不達固亦稱篤學之士已而邑乘不為立傳鄉非
此書幸存將並其姓氏無聞焉是則深可太息耳是書宋
雕不可得見勝國時梁溪檇李俱經翻梓傳亦漸寡海昌
吴君葵里兩以明刻見貽復為借周芚兮先生家藏影宋
鈔本俾博參校以傳是為皇清乾隆丙申距嘉泰元年晉

陵施濟開版時蓋六百四十又九年矣是歲十月既望

猗覺寮雜記跋

朱翌字新仲龍舒人漢桐鄉嗇夫邑之後政和間以太學生賜第為溧水簿高宗南渡祕書監中書舍人與修徽宗實錄秦檜逐趙鼎以為鼎黨謫居曲江已而放歸朝廷憫其飢寒計貺所十四年衣俸悉以予之初流寓桐廬愛蘆茨山水遂家焉謫歸後卜居於鄞所著灊山集四十四卷今已失傳右雜記二卷蓋在曲江時所著方流離遷移索手無書而能紬繹經史探索百氏旁引曲證而折衷之亦足以徵其腹笥之富已晚年自號肴事老人嘗作信天緣

堂記云天生匹夫一飯前定多圖未必得生視未必失世
豈有一門困於無飯者乎其天憔放曠又如此此本卷末
題云康熙丙申六月借小山從汲古得本付鈔不知何人
筆乎賸自文瑞樓金氏乾隆乙未以付梓人逾年蕆事甲
子偶符殆亦所謂前定者耶丙申十月中浣二日

對牀夜語跋

景文號葯庄錢塘人南宋太學生嘗與高菊礀姜白石諸
人遊咸淳丙寅同葉李蕭規等上書詆賈似道以泥金飾
齋扁事罪之分竄瓊州其行詣卓然殆陳東歐陽澈之流
非如江湖詩人僅以風雅自命而已所著夜語一編詞約

理勝深得說詩之旨景定間南康馮去非為之序諄諄以
名節相勉景文卒亦不負其言斯可謂之知己矣歷歲寖
久漸泯其傳杭人鮮有能舉其姓氏者予因取家塾舊鈔
正以前明活字印本梓而行之蓋亦惟其人不徒以其言
也景文當元世祖時程鉅夫奉詔求賢與趙孟頫同薦于
朝授江浙儒學提舉不赴後以子拱為無錫教授遂即邑
之茅場里居焉故其行事略見于無錫流寓志近錢唐厲
孝廉鶚箋絕妙好詞則云以程鉅夫薦擢江浙儒學提舉
轉長興丞有葯莊廢藁當別有所據予所見林處齋集中
題范晞文詩藁一律云研匭新編比碎金知君風月滿清

褋才高欲進竿頭步與到還磨盾鼻吟字有三千何日奏
藁留五七巳年深漢廷射策無蘇李千載河梁是正音范
蓋以武資請解故有竿頭盾鼻一聯云乾隆壬辰十月十
日

南濠詩話跋

都少卿詩話前明刻本有二其一黄桓刻於和州凡七十
二則其一文衡山刻於吴郡僅四十二則兩本詮次不同
互有增損予因正其謬誤合而刊之庶為完善矣黄本傳
自厲氏樊榭山房文本則從書局借范氏天一閣舊藏也
乾隆癸巳七夕

釣磯立談跋

錢遵王讀書敏求記稱叟為山東人不著名氏清泰中避地江表營釣磯以自隱李氏亡國追記南唐興廢事得百二十餘疏于此書今本直刋為史虛白撰不知何所據也錢又引其自序中語云文慙子山之麗與哀則有之才愧士衡之多辨亡亦幾矣今無此序而事亦止二十九條知所刻非全本也乾隆丙申重九枚菴漫士吴翌鳳記

明年丁酉九月十日借滋蘭堂朱氏所藏汲古閣舊抄本校正誤闕補錄卷首脱簡略成善本矣何小山一跋并附于左方漫士又書

釣磯立談往見崑山徐司寇大字宋本紙刻精好迄今猶在目中昨于残臘買得此本頗以胥抄拙劣為弃頃偶將曹氏新刻粗較曹刻脱誤不勝其多開册便缺二版兩行又少一序後此脱誤版版皆是不可枚數云康熙乙未秋末小山記

右釣磯立談一卷作者自稱曰叟不署姓名據十國春秋以為南唐史虚白撰棟亭曹氏刻于維揚遂以其名列之首簡予以自序及他書攷之蓋虚白仲子之筆也虚白在烈祖時曽為校書郎故序稱先校書又龍衮江南野史云虚白二子長早卒次舉進士孫温咸平中擢第今序有云

使小子温成誦于口知其出于仲氏矣卷中述虚白事曰隱士曰山東隱君子並諱先校書之稱或者疑之攷虚白初以説干烈祖度不能用遂絶意世事犢車載酒山童負瓢超然塵埃之外身隱焉文此固其先志也元本凡百二十條已亡佚過半楝亭刊本復多殘闕枚菴漫士得汲古閣舊鈔凡殷敦桓構惇廓等字俱諱末筆一仍宋刻之舊頗稱完善因就曹本詳加讎勘補錄自序一首脱簡二飜訂其缺誤復數百字頓還舊觀矣丁酉孟冬予訪舊吴閶獲從枚菴借錄既賞毛本之佳益惜曹刻之陋遂命梓氏亟刊正之且以酬枚菴校錄之勤也乾隆戊戌二月上浣

保母磚跋

按王大令保母墓磚宋嘉泰間出土未久即歸祕省當時模搨甚少世罕流傳獨弁陽翁周公謹所遺鉅卷 本朝藏高江村士奇家前模曲水硯式上有晉獻之三字帖存一百五字顏行與戲鴻堂摹刻迴異內云八百餘年知為之乳母非七百年也帖後題識多宋元名流篆隸真行各擅其勝白石道人小字二千餘備盡楷則尤為希世之寶不特賞其評鑒之確也予偶得寓目亟手錄之盡二十餘紙因校絬翁所記曲水硯事附刊卷末庶幾覽者益加詳焉乾隆戊戌仲冬望後一日

清虛雜著跋

右清虛居士雜著三編編各一卷宋大名王鞏撰補闕一卷則其從曾孫從謹所補錄也案鞏字定國文正公旦之孫尚書素之子史稱其有雋才長于詩從蘇軾游軾得罪鞏亦竄賓州或云初倅揚州謫監筠州鹽稅數年得還歷官宗正丞以跌蕩傲世屢為言者所議故終不顯方先生在海上時嘗註論語十卷及放還詣東上閤門奏上之秦少游為之序云熙甯初王氏父子以經術得幸下其書于太學凡置博士試弟子皆以新書從事不合者黜之定國處放逐之中乃能自信不惑著成一家之言至天子聞之

取其書非其氣過人何以及此東坡序其詩云定國以予
故貶海上三年一子死貶所一子死于家定國亦病幾死
予意其怨我甚不敢以書相聞而定國歸至江西以嶺外
所作詩數百首寄予皆清平豐融藹然治世之音與志得
道行者無異予每廢卷而歎恨知其人之淺也山谷云定
國生長富貴其嗜好皆老書生事及流落嶺表更刻苦讀
諸經頗立訓傳以示意得作詩及他文章不守近世師儒
繩尺欲以雄長一時其合處不減古人觀三公稱道之者
如此抑可謂特立獨行之士矣惜所註論語及詩集俱亡
于靖康之亂而此三書者淮海張邦基傳先生手藁于張

彥則始行于世從謹因得就向氏錄藏焉是隆興以前雖其家亦未嘗有也戊戌之秋予傳竹垞老人手鈔蹟手錄及補闕一卷甫竟復得宋刻聞見甲申二錄于吳興書賈竊喜其合并之奇又懼其久之而復佚也為彙而刊之且備錄東坡諸公之言以志景仰讀書尚友之士或不厭其述之之詳也宋刻遇構字下註御名而不書知為高宗時版本聞見錄書李東之請老事宋史作李東之據此為正其誤云乾隆己亥三月三日

補漢兵志跋

宋懲五代之弊收天下甲兵悉萃京師名曰禁軍開寶入

籍十九萬三千不為不多矣至道增至三十五萬八千天禧增至四十三萬一千慶歷增至八十二萬六千治平以降迄於元豐稍為裁減尚六十餘萬徽宗將一童貫而禁軍闕額二十四萬靖康之禍按籍止存三萬人而已無一夫可驅之戰者遂以不支高宗將一張浚富平符離之敗棄師累十萬乃莫有正其罪者尚可言兵事乎樂清錢文子見南渡兵食之冗濫也以漢制不失寓兵于農遺意而班史無志因以補之書僅一卷言近而旨遠辭約而義該此非高談性命之學者所能括也文子字文季紹熙三年由上舍釋褐出身以吏部員外郎兼國史院編修官歷宗

正少卿退居白石山下自號白石山人故所輯詩傳及是
編皆以白石著錄不知者疑是姜夔書誤矣卷首有陳元
粹序後有王大昌跋皆其弟子跋稱嘉定中鋟版於淮南
漕廨予所鈔者虞山錢曾藏本也秀水朱彝尊識

右補漢兵志一卷宋樂清錢文子撰門人陳元粹為之註
蓋以補班史之闕而實有慨于南渡後兵食冗濫思復漢
制以救其弊其憂國之心深矣當嘉定甲戌乙亥間瑞昌
淮南一再版行閱世既深流傳漸寡予以重值購於吳江
沈氏反覆班范二書詳加讎比正訛補闕頗于陳註有小
補焉鋟梓家塾再廣其傳攷直齋書錄解題建安王炤器

之亦有兩漢兵志一卷又呂夏卿脩唐史別著兵志三篇戒其子弟勿妄傳吾家吏部好藏書就其家苦求得之著録晁氏讀書志惜未得與此書竝行耳先生字文李號白石山人歷官始末詳具竹垞先生跋中録次左方不更贅云乾隆己亥十月既望

歸潛志跋

渾源劉祁字京叔號神川遯士幼穎異有文名侍祖父游宦得從名士大夫問學及舉進士不第益折節讀書務窮遠大文章議論粹然一出於正金源一代儒者也遭亂北歸追述平昔交游談論與夫興亡治亂之迹著為一書因

其堂名目為歸潛志與同時元好問壬辰雜編並行於世

金末文獻之徵于是乎在遺山雜編已亡于明之中葉京

叔是書元至大閒鄉人孫和伯嘗梓行之歷為藏弆家珍

祕僅有傳本而海内或未盡見也此本傳鈔於萊陽趙太

守起杲再假文瑞樓抱經堂諸本互相讎校畧采宋史中

州集及諸家雜說以疏其異同梓公同好用繼孫氏刻本

於五百餘年之後亦墨林勝緣也或者以崔立撰碑一事

繫遺山名節甚重獨未得野史亭遺槀以相印證為大欠

事然舉遺山外家別業上梁文並郝文忠公辨甘露碑詩

參合觀之亦有以得其是非之公矣書凡十四卷其末卷

則附錄諸賢投贈詩文也王惲劉氏世德碑以為三卷疑
十三卷之誤云乾隆己亥十月下浣五日

玉壺清話跋

右書一名玉壺野史明朝止傳五卷吴人吴岫訪得後五
卷四明范欽又從岫借鈔始成完書丙申夏日借江帆本
錄之未竟閱明年目疾大作句友人王凝足成之脱句誤
字猶於十之五六俟得善本正之丁酉中元枚菴漫士吴
翌鳳書

此書訛脱傳本皆然己亥春二月借朱文游文藏本凡用
硃筆塗改校補一千六百餘字雖未詳盡亦頗精允若其

底本則與此無一不同也暇閱錢遵王讀書敏求記載有其從祖榮木樓校本凡行閒脱字一一補綴完好殆即是本之祖乎書以志幸翌鳳又記

宋僧文瑩字道温錢塘人工詩喜藏書尤留心當世之務老歸荆州金鑾紀述一時聞見成湘山野錄一書稱史材焉是書亦瑩所撰體例略同特所稱玉壺為隱居之潭未詳所在耳其自序云傾十紀之文字聚衆學之醇郁以成一家之言蓋方外之士所未有也文瑩嘗游丁晉公之門謂遇之甚厚故野錄書晉公事頗佐佑之朱少張嘗引歐陽公後世苟不公至今無聖賢之詩以譏之此書謂事僅

於卷首一見初無譌詞其他紀載多與史傳相印證似亦未可盡非也又直齋陳氏云瑩及識蘇子美欲挽致於歐陽永叔瑩辭不往予攷湘山野錄云公尤不喜浮圖文瑩持蘇子美書薦謁之迨還吳蒙詩見送有孤閒竺乾格平淡少陵才及有林間著書就應寄日邊來之句人皆怪之云云則瑩又未嘗不詣歐公也傳聞異詞其不可盡信蓋如此野錄已刻於毛氏津逮祕書此則脫誤相仍久無善本是冊為吾友校菴漫士手校庶為精核其間一二事與宋史未合者偶為正之刊梓家塾與隱湖舊刻並行於世讀者應有劍合之喜云乾隆庚子六月望日

離騷草木疏跋

刻斗南先生兩漢刊誤補遺既竣姚江邵太史晉涵以宋彫離騷草木疏相示復為校而刊之攷先生是書成于慶元丁巳維時甯皇初政韓侂胄方專擁戴功與趙汝愚相軋既而斥汝愚罷朱子嚴偽學之禁從而得罪者五十九人先生官止國錄未敢誦言迺祖述離騷譬諸草木按神農本草諸書為子別流品辨異同薰蕕既判忠佞斯呈用補劉杳舊疏之亡因以暢其流芳遺臭之旨庶幾言者無罪聞者足戒觀其自序厥意微矣至前三卷首列名衜而末卷自蕢菉葹以下鈌而不署又隱然寓不屑與小人為

伍之意其疾惡之嚴如此末疏幽篁而終之以剿竹記云有竹叢生日光不透陰氣常凝四時失序病其蔽翳因命斤斧云云迨開禧丁卯平原辛羅玉津園之禍于是蘇師旦程松陳自強之流或誅或竄舉其黨而一空之苿蕣去而邪正分其剿竹之謂歟當汝愚之責永州而卒于衡也朱子為之注離騷以寄意焉其成書後于先生二年而其感時傷逝纏綿惻怛不能自已之情亦時時流露于行墨間是書也可謂先得朱子之心矣乾隆庚子九月上浣

刻南湖集緣起

南湖集宋循王曾孫張公約齋所著集成於嘉定庚午故

不見收於晁氏讀書志而陳氏書錄解題及宋史藝文志
亦不詳其目惟明文淵閣及葉氏菉竹堂書目並載南湖
集五冊其餘藏書家罕有著錄者國朝順治己丑慧雲住
僧行盛纂輯寺志求公詩文渺不可得則此集之佚信已
久矣恭遇聖天子右文稽古命儒臣檢集永樂大典中遺
籍彙入四庫全書於是歷代名家詩之散見於各韻者俱
得裒錄成帙而約齋之詩始出諸體具備以類相從釐為
詩九卷詞一卷据方萬里題詞稱其前集二十五卷三千
餘首茲所得者計詩一千十七首詞七十八闋雖較方所
稱僅三之一而已燦然可觀矣博於武林先哲遺書頗多

採輯鬻者張助教潛亭入都曾以搜求未備為託閱歲書
來以館中新得南湖集見報未幾助教忽歸道山繼而部
太史二雲聞之赴官之後亟求館中校定副本傳鈔一編
適沈侍御蘆士南歸寄以相示熟復數過見集中諸作太
半皆紀所居南湖桂隱玉照諸勝及與同時士夫游讌酬
答之篇公捨宅所建之慧雲寺額圯未盡今過其處水雲
飛淼菰蔣叢生而雉堞之環列依然禽魚之翔泳如昨皆
可因詩而想見其園居之樂也公之事蹟散在雜説其淡
忘榮仕具詳寺碑而豐儀秀整則想望儼然今者良公之
詩拜公之像恍如與公晤語焉夫公之於詩喜參活法遠

宗香山於唐而近則得力於誠齋放翁諸人誠齋至以上
將目之雖同時忌之者謂為將家子強吟小詩而不能掩
也是集湮沒者六百餘載遭逢盛世晦者復顯公之厚幸
非偶然矣謹依館閣原編校寫既畢偶檢志乘補其漏佚
至於遺文逸事與夫後人景仰題詠之作亦輯而附焉爰
付剞劂以廣流傳開雕於庚子初冬竣工於辛丑首夏為
文告公以志盛事并詳其緣起於首簡云乾隆四十六年
歲次辛丑閏夏既望

鐵圍山叢談跋

鐵圍山叢談六卷有宋蔡絛氏撰上自乾德下及建炎中

間二百年軼事無不詳悉備載亹亹動聽至於北伐之緜
靖康之禍則諉咎於王黼諸人且曰是實戎首吾父不與
也嗚呼釀靖康之禍者非伊父而誰哉謹按崇甯初蔡京
與脩哲宗實錄至比王安石於聖人故其始終祖述者王
氏父子遺志也愚嘗謂宋朝朝局譬如養大疽於頭目之
上種其毒者為王安石潰其毒者為王黼諸人中間養成
禍亂至於不可救者則為蔡氏父子而猶曰無罪乎哉丙
申秋杪偶閱叢談因書其誤國之緜令後之學者有所攷云
丙申立冬前一日題於畈城學寬山識
舊藏蔡絛叢談得於瓉川吳氏者誤書棘目哉不容讀此

則讀書敏求記所謂雁里草堂舊寫本也楮墨雖古脫繆略同再假涉園藏本互相讎比又以他書尋繹之稍有條理矣案絛為蔡京季子京最鍾愛助父作姦罪與攸等逮投竄南荒不知自誨猶復文姦怙惡肆其論說冀求白於當世亦已愚已更於其父一切濫恩固寵之事幸清議之偶逃為士論所不齒者猶津津而樂道之是非羞惡之心澌滅殆盡梁谿費袞斥為無忌憚之小人宜矣顧其紀述建隆乾德以來軼事歷〻在目嗜古之士或於稽典故資博識助談諧時有取焉刻梓以傳是亦聖人不以人廢言之旨欒盧學士抱經堂本有寬山一跋其指陳靖康禍亂

之繇頗得要領養癰貽患條雖百喙何所置辨試因竝錄
而存之乾隆四十六年歲在辛丑十二月朔

石刻鋪敘跋

家塾藏石刻鋪敘凡四冊一為錢塘丁徵君敬龍泓館校本一為雲間沈先生大成手臨何義門評本一為嘉定錢宮詹大昕新刻本一為海鹽張君燕昌瓜圃鈔本丁本為某氏借閱不歸謹就三本參校開雕而疏其異同如左刻甫竣適有以鳳墅石刻禊圖求售者復為校勘下卷蘭亭序一過似亦非偶然也乾隆壬寅九月一日

知不足齋書跋卷二

歙　鮑廷博

伯牙琴跋

錢塘鄧牧心先生生宋晚季薄於榮名工古文詞以作者自命元大德間遯跡餘杭大滌山手定詩文六十餘首名伯牙琴慨賞音之難也由元迄明亡佚過半南濠都少卿藏本已有文無詩矣予為綴緝舊殘於舊存文二十四篇外增文五篇補詩十有三章授任山張君禮恭刊附孟集虛洞霄圖志以傳洞霄山深境寂游屐罕至其行或未廣也為别梓此本以遺同嗜先生所撰大滌洞天記三卷

已歸道藏琅函金檢永與上清靈寶諸書竝垂不朽惟游山志及張叔夏所題東游詩卷與林霽山倡和陶山十詠無從物色遂成廣陵散矣惜哉乾隆丙午二月上浣

洞霄詩集書後

官餘杭尉讀洞霄詩集敬和先十一世叔祖西枝公嘉定二年秋重游洞霄韻原詩刊載本集第四卷

盧陵　胡光熺

天柱雲封不可梯一官常負北山移仙宮未改松筠老祖德依然歲月馳追慕遊踪遺集在同編作者幾人知衙齋吏散揞頤望九鎖朝霞夕靄時

余先世宋兵部尚書西枝公諱㮚嘉定二年有重遊洞霄一律載洞霄詩集中亙見餘杭縣志公係九世祖大學士忠簡公次孫是時兄弟同官至尚書詩末所云弟兄同記勝遊時者是也兄東谷公諱槼官戸部尚書余之十一世祖西枝公乃十一世叔祖也余備員斯土愧弗克繩其祖武猶幸於數百年後得誦遺詩今適重刊洞霄詩集敬和元韻附於卷末時乾隆四十九年正月五日也三十世姪孫光烯并識

題洞霄圖志竝詩集後寄張禮恭鍊師

九鎖青山未易尋偶披雲笈寄登臨予家去洞霄不及百里平生游屐未嘗至

也

探奇墨妙欣逢厲詩集後厲徵君手書重游洞霄詩有十月探奇之語入畫詩清

雅愛林集中和靖先生秋山不可畫一篇最工大藥敢希無骨筋疎弦未斷

伯牙琴圖志竝詩集記始於鄧高士牧心高士所著伯牙琴一卷遺佚過半亦附刻焉一庵閒地

能相借遲我來歌嗣好音乾隆甲辰早秋

江淮異人錄跋

右江淮異人錄一卷宋職方郎中潤州吴淑正儀撰記南唐時道流俠客術士凡二十五人與直齋書錄解題相符惟陳本作二卷耳淑在江南舉進士擢高第尉丹陽以祕書郎直內史從後主歸朝仕宋其傳耿先生甚詳獨不書寶華宮事與徐鉉受詔撰江南錄不及後主之過用意略

同君子深有取焉淑有文集二十卷久佚不傳惟所撰事
類賦士林雒誦至今不輟是錄明嘉靖中伍光忠本稍經
潤色尚未失真近刻首列明皇游月宮事展卷即知其偽
矣喜得善本特梓以存其舊云乾隆丁未十月既望

酒経跋

右北山酒経三卷宋吳興朱肱撰肱字翼中元祐戊辰李
常寧牓登第仕至奉議郎直秘閣歸寓杭之大隱坊著書
釀酒有終焉之志無求子大隱翁皆其自號也潛心仲景
之學政和辛卯遣子遺直齋所著南陽活人書上於朝甲
午起為醫學博士旋以書東坡詩貶達州逾年以朝奉郎

提點洞霄宮名還此書有流離放逐及禦魑魅轉炎荒之
語似戍於貶所而題曰北山者亦不忘西湖舊隱也活人
書當政和間京師東都福建兩浙凡五處刊行至今江南
版本不廢是書雖刻於說郛及吳興藝文志補然中下兩
卷已佚不存吳君伊仲喜得全本麴方釀法粲然備列借
登棗木以補齊民要術之遺較之竇華酒譜徒摭故實而
無補日用讀者宜有華實之辨焉肱祖承逸字文倦歸安
人為本州孔目好善樂施嘗代人償勢家債錢三百千免
其人全家於難慶歷庚寅歲饑以米八百斛作粥活貧民
萬人父臨歷官大理寺丞嘗從安定先生學為學者所宗

兄服熙甯六年進士甲科元豐中擢監察御史裏行章惇
遣袁默周之道見服道薦引意服舉劾之紹聖初拜禮部
侍郎出知廬州坐與蘇軾遊貶海州團練副使蘄州安置
改興國軍辛與肱蓋有二難之目云乾隆乙巳六月既望

佐治藥言跋

佐治藥言四十則吾友汪君煥曾游幕之學也煥曾東兩
節母義方之訓守身如執玉自為諸生至成進士以讀律
為養為人至性純篤尚氣誼慎交游與之處者久而益摯
佐州縣吏數十年聲稱爛然獨不受主者關防嘗曰閑邪
以存誠是方寸中事未嘗以非禮 冒而主人防其非禮

是猶遇守貞之女而曰若無誨淫也其誰能受之受之而甘焉轉恐不可問矣夫主之與賓不盡素識猝然舉身名以任之關防固其所也第陰察其實而不陽著其目則不賢者無可隱而賢者有以自居斯兩得之耳聞者韙其論以故為之主者無不推誠相倚煥曾亦不以形迹自拘凡游跡所至邑之魁儒碩士常相晉接因得周知其地之俗尚人情措之於事緩急相協人亦莫敢干以私者余嘗過其幕齋經史鱗比而所為幕學之書百無一二客為予言其佐理官事率有恆度雖在劇邑日不過三二時便了暇則讀書自娛辨色起丙夜方息不以寒暑少間遇公讌必

以漏刻補之韓子有言業精於勤豈不誠然乎哉今將身自為治錄素所自勗者授其甥孫君蘭啓余從蘭啓假而讀之大旨律己以立品為先佐人以盡心為尚以儉為立品之基以勤為盡心之實讀律以裕其體讀書以通其用乃知佐治之不易如此而益歎煥曾之所以到處有逢迎者非無本也夫在官之身百務叢焉簿書期會之繁勢不能不分寄於幕賓之手幕賓之責實佐官以理民顧號稱名士以風流自賞者往往不耐碎瑣一切以闊略位之而墨守律令之士又拘文牽義唯兢兢焉主人之考成是顧其弊也操切為道吏治之未能盡肅安在不由於是耶循

是編而三復之實盡其心主勤其職事不隳而民無擾仁人之言其利不且溥歟古之言吏治者多矣未有及幕賓之佐治者余故急付剞劂以廣其傳云乾隆五十一年二月

續佐治藥言跋

余以佐治藥言印本貽煥曾後煥曾謁選入北上挈其甥蘭啟過余敘別聯舫至吳門蘭啟復出煥曾續纂藥言二十六則惓惓然條宥事之目申辣手之誡綴以儆應而自著師資所由及懷刑之益蓋仁人之用心深摯矣余嘗讀雙節堂贈言集錄至趙太守書後具記煥曾辦平湖洋匪

始末以身之去就爭罔罪出入卒得平反慨然於煥曾之
善稟慈訓為能不橈其志及見芮明府書後煥曾之舉於
鄉也其初卷末出房夜有飛瓦示警覆校薦售則又曉然
於天之所為報煥曾以章二母之教者固若是其響應也
當煥曾總角時其大父為更今名早信世澤涵濡韜光必
耀復繼以厥考淇尉公之廉惠二母之賢節其發跡固宜
然煥曾鄉舉即在洋匪獄後則煥曾之佐治仁恕不忍逼
佚前光之苦心鬼神不既昭鑒之乎讀藥言而知不敢負
心造孽之語誓於二母讀續藥言而知辣手不堪之聯夲
於祖訓嗚呼煥曾之以佐治名也其來有自矣他日以佐

人者自為推此心而廣之福世福身又豈可易量哉是為

跋乾隆丙午三月二十一日

鬼董跋

右鬼董五卷不署撰人姓名據秦定閒錢孚跋語知為宋

孝光時沈某著特傳之者關漢卿耳考第四卷有嘉定戊

寅予在都之語則其人寧宗時尚存明蔣一葵堯山堂外

紀竟以為關撰者誤矣所紀多涉鬼神幻惑之事宜為儒

者所譏而勸懲之旨寓焉予因不敢以無稽目之復梓以

傳庶貳於世教有少補云乾隆丙午七月既望

高麗圖經跋

宋徐兢撰宣和奉使高麗圖經遭靖康之變已亡其圖乾道三年從子蒧始刻於澂江郡齋仁和趙氏小山堂又有高麗本不知刻於何時今俱不可得見矣近世流傳惟明末海鹽鄭休仲重刊本其閒脫字凡數千第二十七卷又錯簡不可讀同里胡夏客嘗以鈔錄宋本讐對亦僅止十數字而已予家所藏雖繕寫不工較為完善因參合鄭本刊以行世中有與鄭本互異及小有脫漏處仍俟博古家藏有宋刻者訂正焉乾隆癸丑端陽

武林舊事跋

武林舊事乃弁陽老人草窗周密公謹所集也刊本止

小瀛六岱

第六卷山村仇先生所藏本終十卷後歸西河莫氏家

予就假於莫氏因手鈔成全書以識歲月藏於家塾至

元後戊寅正月忻　德用和父

此書二册予假於太子太保遂安伯陳公家同年友文

部副郎黄君廷用錄之以歸予云弘治乙卯夏四月望

祝靖手跋

乙未夏五月十六日校四字

武林舊事齋中所有止六卷趙元度本多四卷今繕寫

增入者是也古書為市人刊削以圖省工牟利往往如

此余借趙本增入者數十種不獨此書也萬歷壬子春

日澹翁識 澹生堂祁氏本跋

棊待詔以下原接前第六卷諸色伎藝人之下自傳鈔

既失而秘笈刊本誤别為一卷與前隔斷微汲古舊本

𢦤不見原書矣大抵明季人刊書俱犯妄作之弊而秘

笈與說郛稗海則尤繆戾之甚者己亥二月望前一日

鑒閣書 瓶花齋吴氏本跋元在第六卷後

南宋遺老周公謹氏入元後追憶乾淳舊事撰述此書凡

朝廷典禮山川風俗與夫市肆節物教坊樂部無不備載

而於孝廟奉親之事尤致意焉武林徵掌故者多就取材

而流傳絶少善本此册得之紅豆山房惠氏即讀書敏求

記所謂元人傳自仇山村家足本也自序一編聲情綿邈悽然有故國舊君之思不僅流連今昔而已而舊刻遺之失其旨矣爰就明時宋陳兩刻參校以傳不惟為藝苑增一佳本亦以慰作者於百世之上也乾隆癸丑端陽後一日

宜州家乘跋

宜州家乘不載於山谷全集惟羅大經鶴林玉露云山谷謫死宜州時有永州唐生者從之游為之經紀後事收拾遺文獨所作家乘為人竊去了不可得後百餘年有持以獻史魏王者史復以贐雙井族人蜀帥黃伯庸之行及考

費袞梁谿漫志則以從游者為成都范信中頃從維揚新
刻山谷遺文中得家乘讀之知信中實以崇寧乙酉三月
十四日至宜州與山谷相得甚歡其年九月山谷卒於南
樓蓋棺時僅信中一人在側是羅所謂唐生者即范之訛
而漫志為得其實也若家乘既倉卒失去旋得於紹興癸
丑明年甲寅鏤版行於世范自序甚明羅所稱百餘年後
始為史相所得者其時尚未見版本耳信中好學既見稱
於山谷其奇節偉行落落不可一世之槩梁谿漫志復詳
書之世有因山谷而賢其人者尚於彼取徵焉乾隆甲寅
正月立春日

清波雜志跋

右清波雜志十二卷得於東海焦氏以校稗海三卷本相去葢霄壤矣惜鈔傳不廣徒使繆本相沿漸失其真為可歎息耳康熙丙申臘月廿日曹炎識

右本出婁江曹彬侯予借鈔於嚴州太守萊陽趙公果未幾再得明姚舜咨寫本讎比一過更就姚本補錄別志三卷張貴模序一篇益稱完善閒窗展卷心目朗然葢無以喻其樂也乾隆甲申八月十七日

乾隆乙巳六月廿三日商氏稗海本校一過其閒亦有是正處不敢沒其善也

清波別志跋

乙酉六月將有吴門之游既束裝吴書客沈丹憲以吴江沈果堂先生彤手校別志來售買度架上忽忽解維歸而忘之越八年壬辰四月二十九日偶檢他書得之亟取讐勘據以是正者凡數十字沈本次第與此不同並缺十有九事無章斯才張訢陳晦三跋益知茶夢傳本為可貴矣繡溪寓廬記

右清波別志三卷為商氏稗海所未刊世尤罕覯丁君魯齋以茶夢散人寫本見借裨補前志之闕欣然錄之忘其字畫之拙劣也卷後龔養正跋云清波三志似別志之後

尚有一志吳柳三志係傳寫之誤邪俟更訪之藏書家乾
隆甲申重九
乾隆乙未十月十七日借曹倦圃藏本於繡谷主人覆勘
一過與果堂本無少異知沈本實出於曹故校稱曹本從
其朔也

文苑英華辨證跋

文苑英華辨證十卷明正德丙寅無錫華燧得陳湖陸氏
宋本以會通館活字印行第一卷用字門僅白居易賀雨
詩權德輿李國貞碑二條固疑有脱簡矣既借錢塘吳氏
慈谿鄭氏兩鈔本互校則前尚有玉有瑕穢等一十九字

脱佚顯然盖華氏削之以掩其不全之之跡耳頃從吴郡顧君澗蘋假得手校影宋鈔本卷首空白二紙知為活字祖本而吴鄭本所自出也摹以開雕仍虚其端以待補焉宋刻凡遇廟諱俱缺末筆今不固遵惟序文提空處略仍其式以還舊觀云乾隆乙卯二月十八日

耆舊續聞跋

西塘集耆舊續聞署曰南陽陳鵠録正鵠宋南渡後人其行事無可考見曰録正其字耶抑就正之義耶曰續聞似前有一書矣曰西塘集殆其别集之一耶抑西塘為所居而是書輯録於其地耶攷第七卷云余淳熙甲辰識曾

於臨安郡庠第六卷云余乙亥歲爲滁教以其時考之則寧宗嘉定八年也是鵠爲孝廟時人而仕於寧宗朝其蹤跡略可彷彿然書中採錄諸家論說例注所引書於下傳鈔輾轉多所脱漏則此二條爲鵠自述爲錄他人之文蓋不可識別矣予家所藏凡兩本又借歸安丁小山杰吳郡吳枚菴翌鳳兩家鈔本參互讎比稍稍可讀刊梓以貽藏書家日力爲不虛費矣乾隆癸丑十月朔日

山房隨筆跋

右山房隨筆元蔣正子平仲著明初寫本較商氏稗海所刊殊勝開卷平仲二字即商本所脱也中如黨懷英孔子

廟詩末句泰岱參天汶泗長誤汶泗為汾水相去不啻千
里矣梅梁松牖一聯證以石刻亦此本為是聶碧窗北婦
詩云江南有眼何曾見爭捲珠簾看鷓鴣初不解其旨及
檢此本則鷓鴣為固姑由校者不知固姑為婦人冠名妄
易鷓鴣以趁韻耳題趙太祖真容河北山東總舊臣誤臣
字為君字則并上新神之韻不押矣大抵稗海中一無佳
刻其間如趙德麟侯鯖錄周煇清波雜誌王闢之澠水燕
譚錄張邦基墨莊漫錄方勺泊宅編之類脫謬尤甚吾家
藏本俱極完整惜未能一一刊正以還舊觀閒窗展翫有
撫几太息而已乾隆戊申二月上浣

蘆浦筆記跋

右蘆浦筆記十卷乾隆壬午正月傳龔侍御翔麟玉玲瓏閣本龔傳自晉江黃俞邰千頃齋黃本則明萬歷閒謝兆申鈔於進士賀烺者也三寫之後亥豕漸多存之以俟善本勘定焉元本曾經漁陽山人借觀前有題欵一行卷中附評語兩行其書後歸海寧阮善長阮有案語三條今藏錢塘郁佩先禮東嘯軒予所從借鈔也校畢記其流傳所自俾後來者有攷云二月十日

三月二十六日復介佩先借趙意林信藏本再校趙鈔於厲孝廉鶚厲本仍出於龔無可是正錄其題識以著小山

堂主人劬書之勤也

此樊榭先生善本也乙巳六月伏後三日銷夏於小山堂讐校一過略正其四五而內長文之譌尚復不少古人云校書如掃塵信然倩楷書生鈔畢以原本歸之欒城意林對孜博案欒城為錢塘沈嘉轍乙巳則雍正三年也後四年為予始生之歲云

丁亥閏七月二十日吳江沈果堂彤本校於繡溪寓廬

亦是新鈔無所補益

辛丑長至日吳騫閱於橫山舟次

壬寅正月海昌陳鱣仲魚借觀

癸卯十一月十四日借歸安丁小山杰本校正錄其題
識於左
考西江志劉昌詩清江人開禧元年毛自知牓進士
蘆浦筆記乃其所作蘆浦即華亭蘆瀝場昌詩葢曾
為鹽官者卑吏博雅如此足徵趙宋文治之盛矣雍
正十年壬子十有一月朔錢塘樊榭山民厲鶚書
案是書所載地理故蹟多及四明奉化而無一語及
雲間疑所謂蘆浦者當是寧波邊海之區非今之蘆
瀝場使再攷乾隆己亥重午前二日校官書借鈔畢
附識祝塹

己亥秋仲祝中翰塈本鈔其元本當為祁門馬氏所
進故有樊榭山民跋辛丑正月以程編修晋芳所藏
學海類編舊鈔本互校丁杰
嘉慶丙辰元宵觀於西湖沈莊校定譌字十餘偶有所
見附注每條之下覽者幸恕其妄蕭山徐鯤
余傳是書在壬午之春彈指三十五年吳廛經校讐意未
慊也丙辰七月始得謝肇淛小草齋舊鈔補脫文二行王公
家傳補十六字祭蝗蟲文補十三字荆佽非廟一條得寶劒干將據本改得
寶劒於干隊餘干一條越人欲為變必先由餘干界中據
本改由作田屏星一條唐韻駕車藩駕上據本增别字其

他更定不一而足庶幾成善本矣亟壽梓氏以傳無窮惜
樊榭意林諸老宿不及見也小草齋本末有辛亥七月望
豐城張應桂手錄題字一行以鈔藏歲月計之僅先謝兆
申本數月特未經轉寫故未失真為足據耳前有周櫟園
圖記今藏桐鄉姚君正夫家刻成記於西湖沈氏湖樓時
嘉慶戊午七月十二日

知不足齋書跋卷三

歙　鮑廷博

孝經鄭注跋

孝經鄭氏註廢於唐亡於五季至宋雍熙間日本僧奝然以獻於朝詔藏祕閣嗣後歷元及明未聞有述之者訖無傳焉入我朝一百五十年歲在癸丑日本岡田宜挺之者復於其國羣書治要中得之叢殘缺不完稍爲補輯序而行之復以其本附估舶來意欲予刊入叢書以廣其傳序中極爲鄭重若跂足以俟者且言書之災厄不獨水火斯祕之甚有至漸滅者與予流通古書之旨頗合因樂傳

之至攷渠國所刊七經孟子攷文補遺中孝經但有孔傳竝無鄭註不知所謂羣書治要輯自何人刊於何代何以歷久不傳至近時始行於世其所收是否裔然獻宋原本或由後人掇拾他書以成者茫茫煙水無從執而問難焉亦俟薄海內外窮經之士論定焉可耳大清嘉慶辛酉八月朔日

鑒誡錄跋

歐陽公五代史軼温公通鑑反略表兄竹垞先生盡㨗十國遺書倣裴氏注三國志鑒誡錄其取裁之一也天籟閣圖書近時散軼殆盡兹覩此本古色蒼然於揚州書

局采入全唐詩數十篇因書於後查嗣瑮

康熙己巳春日華隱徐嘉炎從竹垞十兄借觀時因編輯全唐詩取資甚多

王士禎阮亭甫假觀手錄一通因較正訛謬數十字

鋐在維揚書局適吾師竹垞先生亦來客於此因得借觀遂書一通其紙版傷損處皆手自補綴歸之時康熙乙酉十月朔汪士鋐記

鑑誡錄十卷後蜀何光遠輝夫撰晁公武郡齋讀書志稱纂輯唐以來君臣事跡可為世鑒者前有劉曦度序今觀其書多載可笑詩文直小說家爾每題三字標目

與蘇鶡杜陽雜編略同是册猶宋槧卷首書重彫足本
惟劉序失之吾鄉墨林項氏藏書也濟南王先生貽上
見而愛之曾手錄一部康熙丁亥八月既望竹垞老人
識時年七十有九
己丑夏五竹垞先生来真州持以見賜愧不能藏復影
錄一本奉還曹寅
右宋槧鑑誡錄十卷今歸長洲程君叔平頃從叔平借
觀重校一過凡两日而竟復得譌謬七十餘處餘從闕
疑者尚多也乾隆乙巳九月十日漏下三鼓試方于魯
石綠錠子書時寓桐鄉金氏之素行堂懷玉識

十三日鮑君以文復攜一本來互相參校又得誤處三十餘條其從全唐詩采入者間有異同仍闕而不補以存其舊甚矣讎勘之難如掃落葉也鮑君行將刋入叢書以供天下即以此為祖本叔平其珍之懷玉億孫甫

宋刻鑒誡錄十卷明萬曆初藏於項氏天籟閣國朝歸秀水朱氏本出麻沙坊賈重雕謬誤特甚因後有康熙間諸名宿題識又經漁洋山人手校遂為此書增重乾隆乙巳吳郡程君叔平厚價收之攜示金君鄂巖德輿適予與方君蘭如薰趙君味辛懷玉同集於桐華館得寓目焉并以家藏抄本互相讎比正譌補闕十得八九較漁洋所改不啻

過之叔平囑予刊入叢書以廣其傳忽忽十有九年始踐宿諾而蘭如鄂巖已相繼下世味辛又遠宦山左俱不及預棗梨之役回視桐華館遂如黄公酒壚邈然有河山之感矣刊成寄示叔平相與致慨然叔平公世之心繫切盼是書之成久矣感念之餘又當欣然開卷也嘉慶癸亥十月二十四日

侯鯖錄跋

侯鯖錄近惟稗海本行於世誤書脱簡殊不可耐觀予家家塾藏有三本一芸川書院本不知刊於何時脱誤與稗海略同似即商本所祖也一明天啓間海虞三槐堂坊刻

密行細字頗具雅致而繆戾時復不免一舊抄本分上下卷較諸本為勝惟删削辨傳奇鶯鶯事一卷耳暇日參合校訂又時檢他書證其異同雖不敢信為善本以較商刻則逕庭矣刊以質諸藏書家嘉慶癸亥八月上浣三日

松窗百說跋

右松窗百說一卷南宋紹興閒永嘉李季可撰極為王公梅溪所賞以唐杜牧擬之同時諸賢又各題識其後行都尹大任以其有補世教為之梓行蓋亦一時聞人百家之緒論也然稽之志乘既不列其名訪之藏書家均不著於錄以故楮數十餘番沈於蠹簡敗簏中積六百餘年之

久卒能不絶於世非其卓論宏議自足以不朽夫豈一二佔畢之士所能爲之力哉然續其墜緒益衍其傳後之學者固當任其責也顧以傳抄既久譌誤相承風葉滿庭掃除有待此在覽者或能諒之所惜出之稍晚未經四庫全書採錄俾藏之天府垂示無窮不無珠遺滄海之慨爾嘉慶癸亥十一月五日

吴禮部詩話跋

元吴禮部正傳集世多抄本獨詩話雜説一卷罕有藏弆者明金華胡孝廉元瑞家收書最富嘗跋此册及敬鄉錄云遍舉郡邑凡有聋者緝其製作履歷槩若指掌

下逮畸流逸客片語隻詞亦博采旁證竟其隱伏耳目所不及點綴弗遺其為力勤而用心苦矣今去吳公僅二百載而文辭之詳邈弗得睹南渡而上人才篇什史乘佚而未收者尚倚藉諸編稍獲蹤其崖略余于禮部異世子雲也因筆于簡末以俟異世之為余子雲者驗之觀元瑞所云此書難得而可寶審矣邗江馬君半槎癖嗜異書搜剔隱秘購得元時刻本方與余同輯宋詩紀事獲覩南宋諸賢佚唱如王叔簡吳諒陳仁玉萬囍吳琳孫應時張勳史蒙卿林泳陳柏王儀鄧剡僧靈一輩歎為未有獨敬卿錄無從訪求向晤東陽王丈鶴潭

云有其書恨未借抄以成合璧而為元瑞之子雲余兩
人未敢讓焉錢塘厲鶚書
右小山堂趙氏寫本郁君佩先所贈惜傳抄多謬無從得
維揚馬氏所藏元刻正之耳至卷内舒道紀赤松詩及時
天彝詩二條元注云見下卷今下卷亦不傳惜哉
澠水燕談錄跋
澠水燕談錄自商氏稗海残缺本行於世海内不見全書
久矣此帙出自明正德間白沙貢氏吴郡趙氏清常又以
宋刻補足末卷詳具李北苑跋中惜先兆一門尚有缺葉
未能符自序三百六十餘事之數海内藏弆家有以完本

見貽俾補一簣之虧則造福於古人尤不淺矣

老學叢談跋

右庶齋老學叢談三卷乃宋從仕郎崇明州判官致仕盛公如梓著其於經史天文地理名物以及文章流派儒先格言引證辨駁皆有根據足以覘其學之有本也觀叢談中語氣知公是揚州人其談賈平章佚事數則似曾受賈之知者要其晚年誤國之罪亦未嘗為之諱也大抵宋末諸公流入元者率隱居以著述自適如盛公輩者何可勝道然有傳有不傳即如此集其存者亦尠希矣但卷帙無多倘好事君子為重刊之介夫先生宜

為留意也康熙己亥十月大雪前三日鹿原林佶借觀

力疾跋

或疑開卷即頌元受命之符以公非仕宋者予以為書成於元之世安得不出此且崇明稱州與判官皆宋制也惜容寓藏書少不能博徵廣引以證尚其俟諸他日

乎佶又跋

右庶齋老學叢譚三卷上卷首紀國故後又經史中卷下卷多論文説詩間及兩宋軼事筆殊修潔惟末載實祐城數則頗左袒賈似道不可解也作者不知何許人卷首標崇明州判官而於揚州衢州兩地晉接獨多或

為桑梓之鄉或屬宦遊之所俱未可知姑存俟考壬子
季冬從知不足齋主人轉假東嘯軒藏本癸丑人日錄
校畢并記松陵楊復吉

右盛庶齋藂談一册楷書精整出自錢塘汪西亭氏吾友
郁君潛亭所貽也間有誤書思之不適聞某公有善本欣
然潛僭亭往借祕不肯宣僅錄林吉人兩跋相授耳是為
乾隆甲午迨嘉慶甲子始據常熟錢功甫手鈔本一掃烏
焉之譌而潛亭已脩文地下惜其不及見也往讀某公所
著清暇錄歷數近來藏書家而自述其儲蓄之富曾幾何
時悉已散為煙雲渺茲一粟漂流滄海中杳不知其所之

矣因慨死生旦暮聚散無常予家所藏異時豈能獨保徒
令後人復哀後人耳閒嘗語兒輩與其私千萬卷於己或
子孫不爲之守孰若公一二册於人與奕禩共永其傳此
區區校刻叢書之苦心竊欲共白於當世而一爲之勸也
展閱此書益增棖觸亟爲命梓以慰老懷且以不辜潛亭
殷勤持贈之意耳庶齋揚州人曾爲衢州教官見龔璛存
悔齋集他未能詳也嘉慶乙丑長至日

附記

郁君名禮字佩先潛亭其自號也錢唐諸生家世素封儲
書充牣潛亭又增益所未備成鉅觀焉時小山堂趙氏藏

書業已散佚所餘残帙尚多異本君悉力購之家在城東
去厲徵君鷄樊榭山房不一里傳錄其秘册尤多徵君没
其家出所著遼史拾遺手豪要索厚價久之不售君以四
十金購焉中間尚鈌五十紙百計求之不得一日與予步
至青雲街見拾字僧肩廢紙兩巨簏檢視之皆厲氏所棄
徵君平日掌錄遼史遺事在焉亟市以歸棼如亂絲一一
為之整理閉户兩月綴輯成編適符所鈌若有鬼物陰相
之者事亦奇矣君恂恂儒雅與人交有晏子之風而尤與
予匿無三日不相過過必挾書而來借書以去雖寒暑風
雨不為少閒藏書東嘯軒軒額董香光所書庭前古桂二

樹相傳明萬歷間所植交柯接葉清陰覆簷室中牙籤萬
軸都成碧色君憑几校錄晨夕不休經其庭闌如也花時
每招予信宿其中時出法書名畫以相評品或隨意抽架
上書共讀或談往事或賦小詩香爐茗椀婆娑竟日更深
月上兩人徘徊花影下意思閒適彷彿東坡與張懷民承
天寺之遊尚惜兩公當時不在金粟世界中耳解衣就寢
香染自足撲之不消睥睨對話往往達旦自予移家烏戍
遂無復有此樂矣君棄世不數年鄴架曹倉漸就零落主
人避客塵榻空懸想惟舊時明月流光碧樹間耳因校刻
所贈書為之淒然擱筆

灤京雜詠跋

灤京雜詠百首元楊允孚所賦讀之當時事宛然如見亦可謂善賦者矣楊文貞家有錄本璟嘗借錄於表叔司務公錄時草草此本則舍弟璋為予重錄者允孚字和吉出吉水溼塘蓋文貞公故族云成化十三年丁酉春三月望羅璟志

辛卯秋八月鉏園手錄於周氏榮古堂

乾隆己丑十二月廿一日阻風虞山閬市購此

灤京雜詠通百有八首羅璟跋云百首舉成數耳秀埜草堂選元詩遂乃刪去八首以符其數舉世遂不見其全中

如故鄉不是無秋雨聽過匡廬始愴神及不比江南花事
早家家兒女解傷春諸作在卷中尤極風韻轉置不錄不
知操選之意何在也亟為刊定以還舊觀嘉慶十年十月
十八日

陽春集跋

元暉以墨戲繼武南宮詞翰惜不傳於世此卷為其自書
小詞南宋時藏金陀岳氏錄存寶真齋法書贊中予近年
始獲見之亟為刊訂以補樂府之遺尚惜竹垞先生不及
收入詞綜耳

竹譜詳錄跋

元李衎息齋竹譜詳錄刻於大德延祐間歷年既久舊刊不復可見矣即摹寫之本亦稀如星鳳以圖畫為難耳幸永樂大典曾經收錄四庫全書因著錄焉博屢擬敬詣文瀾閣就鈔以無能任繪事者因循中輟然未嘗一日去諸懷也嘉慶甲子始於故家得明成化間繕本此君風節宛然法則具備為之快慰惜紙已縻爛不宜展閱富君秋鶴見之嗟息亟為予摹寫一帙置之案頭日供清玩又為縮本俾刊入藝書永為游藝家一助可為息齋功臣矣舊鈔缺久竹一圖并自序一篇謹從閣本補全而柯謙牟應龍兩序則又閣本所佚也秋鶴華亭人名廉字谷香石門方

蘭如薰入室弟子也畫能盡其師傳臨摹古人尤不爽毫髮於此見一斑云嘉慶戊辰七月既望

示兒編跋

右示兒編履齋自序謂考評經傳漁獵訓詁以示子若孫使知嚮學而已不敢以污當代英明之眼夫一人之子孫可數人之子孫無窮也自宋迄今流傳不絕其沾溉學者不既多乎惜宋刻不少概見近惟明代潘方凱重刻本尚行于世然疏於校讐訛繆百出轉足貽誤後來讀者病之予嘗請之盧學士文弨孫侍御志祖互相讐勘不特盡掃烏焉之誤於履齋千慮之失亦時時有所糾正焉蕭山徐

君北溟鯤熟精選理海昌錢君廣伯馥精於音韻之學又
各出所長以資參攷繼而元和顧君澗蘋復得茶夢散人
手抄本反覆勘定不使少有遺憾於是是編精神煥發頓
還舊觀吳吳郡袁公綬階見之驚喜亟慫恿館甥貝君簡
助資重刊以公同好逾年蔵事惜自乾隆乙卯以還盧孫
二先生相繼歸道山而徐錢兩執友俱以盛年攻苦先後
淪謝綬階於開雕之始即修文天上均不及見其成是則
重可感已既思予老而食貧舊學荒落精神亦漸衰減使
非簡香力任剞劂不過藏之篋衍徒飽蠹魚久且化為煙
雲將諸君子校勘苦心終付之無何有之鄉非澗蘋悉心

經理佐予不逮則風庭落葉掃除不盡奚何不為潘本之
續再為後人口實耶用是聊以自慰又以慶是書之遭云
嘉慶辛未立秋後四日

五行大義跋

右隋蕭吉五行大義失傳已久近德清許氏得自日本佚
存叢書中既校而刋之矣惜傳之不廣因重壽梓以公同
好云大清嘉慶十八年五月

雲林石譜跋

余向至海昌得交馬容海卿佐觀所藏查伊璜孝廉之緺
雲石及同時諸人題咏既又出示宋杜綰雲林石譜三卷

杂綰字季陽號雲林居士山陰人宰相衍之孫唐工部甫之裔也其書彙載石品一百十六各詳形色出產而次第之洵譜錄中不可少之書也擬欲重刊以廣流傳因字句間尚多錯譌因循未果今春敬觀欽賜古今圖書集成始知是書已邀採錄謹即校對一過凡改正數十處并補錄紹興時孔傳序一篇適余方刻叢書第二十八集遂為付梓并附綿雲石圖記於後以識容海好古之雅意云嘉慶十九年春

困學齋雜錄跋

此書於弘治十五年龍集壬戌五月望日在竹莊陸宗

美先生第會飲約齋俞寬甫帶於彼假歸錄得之但不
曉困學齋何人也當伺識者再行請問而知略識得之
之歲月焉是日錄完故識東陽無垢道人純謹識
嘉靖戊戌五月既望汝南袁表命工徐堂錄於陶齋
漁陽鮮于樞字伯幾所居有困學齋工行草書聲價等
趙文敏詩傳於世元音體要中多載之此非難知者足
徵前輩之模楷也
康熙壬戌五月檇李倦叟曹溶記
乾隆癸巳從書局借瓶花齋鈔本影寫其中脫悞甚多俟
覓善本訂正之七月朔分鈔書局識

丁酉十月朔吴門陸貫夫先生以所藏明人舊鈔本輟贈
蕭閒無事取舊時錄本校讐一過改定凡數十字初十日
知不足齋書

嘉慶甲子五月霪雨兼旬嘉湖兩郡幾成澤國寓晉齋書
種堂欲歸不得愁坐無聊相與反覆研究校出譌誤十餘
字以消悶懷遺積慮耳廿五日大雨中識

庚子銷夏記跋

退谷先生際滄桑之後杜門卻軌日以書畫自娛名迹燦
然備著於錄周草窻之雲烟錄都南濠之寓意編不是過
也偶於吴下鈔得之竊有貧兒暴富之喜惜多悮書無從

是正紙窻竹屋風雨蕭然惟遲吾友身山居士來楚香瀹
茗細商略之乾隆乙亥除夕前二日

閒居錄跋

吾衍字子行其先太末人大父為宋太學生遂家錢唐子
行嗜古學通經史工篆籀精音律然性狷介與時多不合
卜居委巷教學常數十人年四十未娶宛邱趙天錫買妾
以贈後以妾故致訟為邏卒所辱不勝忿自沉西湖以死
時至大四年也所著自晉文春秋楚史檮杌學古編而外
俱佚不傳此錄及竹素山房集三卷僅有寫本杭堇浦太
云錄中辨酢醋二字謂酢即古醋字醋即古人酬酢酢字

皆今人所未察集中錢良佑字說辨證佐佑仲即左右中
亦有理而深惜其無傅會余有蓺書之刻亟以入梓其遺
稿俟與元人諸别集合刋焉乾隆壬辰九月既望

知不足齋書跋卷四

歙　鮑廷博

遂昌雜錄跋

是書惟商氏稗海本行世題曰遂昌雜錄脱去山人二字開卷廉希貢便誤作希真他可知矣此冊為虞山錢遵王家影元抄本中如徭役作繇役銀椅作銀倚之類較商刻為近古固知述古堂多善本也元祐生於有元中葉本遂昌人寓家平江見聞最廣所述宋季軼聞頗足徵信惟云西湖大佛頭耳竅可坐七人未免誇張過甚至今為遊人口實耳或曰七人蓋一人之譌理或然也乾隆己酉六月

六日

北牕炙輠跋

右北牕炙輠録二卷為姑蘇吴岫藏本後有祝允明跋語似出依託姑置不録然其本較秀水朱氏潛采堂傳鈔者特為完善如下卷闕子開令蔣處士開圖書及與弟子東拜米元章二事朱本全鈌其他脱誤尤多朱本近刊於奇晉齋叢書可覆而按也彦執鹽官人名德操字持正咸淳臨安志第六十七卷有傳而祝跋云諱國賢錢塘人或别有據歟浙東全謝山先生極推重此書録其題識於竹垞跋後俾讀者益知所景仰云嘉慶乙未七月既望

洞天清祿集跋

此書近時刻本皆譌清祿為錄且去集字又謬分為十一門似未詳讀本序者也古畫辨中次第亦多錯亂皆當以此本為正康熙癸巳義門何焯記

右本傳自陸朗夫中丞家元澹生堂鈔本經何義門手校者較胡文煥刻本多一十九條又不特如義門所云序次不同而已寶之寶之乾隆乙卯七夕

文淵閣書目跋

右明文淵閣書目恭就欽定四庫全書中錄出較家塾舊藏本為完善中惟日字號第三廚缺宋朝文集二百餘種

藉塾本補全最為愉快塾本不分字號每類以完全殘缺
三等編次似當日官本之外別編以便稽孜也今次第悉
遵官本而以全缺分注於各書之下其中部帙間有不同
亦詳著焉依元編字號天字起往字止分二十卷與官本
四卷小異則以帙小葉繁聊便展閱耳嘉慶庚申九月朔

玉山逸稾跋

玉山主人顧仲瑛氏生於有元末季金石文史之富園亭
聲伎之盛甲于東南而其才情之妙麗襟度之蕭閑又足
以副之于是一時名流自倪雲林楊鐵崖而下無不折節
內交笙歌文酒殆無虛集維時編輯其倡和詩曰草堂名

勝集交游諸公詩曰草堂雅集而紀游餞别寄贈之作附焉讀其書者每有生不同時之恨迄今好事傳鈔頗多善本而其自著曰玉山璞者凡二十卷見華亭殷奎所撰墓誌中今傳世本僅寥寥數十篇蓋出於後人所掇拾非其舊矣至海虞毛子晉刻玉山草堂集亦祗就名勝集採取玉山自作編輯成書而附以鐵網珊瑚諸書所得爲集外詩其實非專集也康熙閒吳門顧俠君編選元詩于玉山有宗誼焉故采錄視諸家爲多而于名勝草堂汲古諸刻之外亦無能有所增益也今年三月予偶從故家得吳中朱存理手鈔玉山璞槀二卷爲至正甲午乙未二年之作

詩凡二百十有二首多世所未見者于其全集蓋什一焉
夫以毛顧兩家之搜討而此本卒不獲遇則信乎詩文傳
世遲速固自有時也因重加繕錄并取汲古閣本考其自
來補所未備節去已載于璞豪者二十二篇編為四卷題
曰玉山逸豪凡詩文若詞二百十篇附于璞豪之後藏之
家塾以備采虵如顧氏者取裁焉倘天假之緣異日或盡
得二十卷之舊刊而行之使隱湖之刻不復專美于前則
玉山主人其有以相我乎乾隆壬辰十月十七日

辛巳泣蘄錄跋

嘉慶辛未八月九日購於杭城積書堂書肆八月十二日

閱于菜市橋舟次十四日舟過謝村校讐粗畢與二孫正
字舟中看月至新墅始就睡十五日午刻抵家記
壬申八月五日蘄水王根石先生以家藏本於七月十八
日寄自湖北轉從令似温州通判署遣役寄到杭州省城
是日　適又至郡接到得悉勘此本之誤與去年得是本
時止差三日耳奇甚奇甚中秋泊舟汾湖張憶鱸宅岸取
二本重勘一過是夜月色皎潔憶鱸拍余同長孫正言泛
舟黎里觀燈三鼓乃回不知二孫在都中見月思鄉否是
月二十六日從王本三校畢適山陰李柯溪先生過訪許
助資刋入叢書

梁溪孫氏

李誠之字茂卿東陽人舉鄉薦第一慶元初釋褐授國子學錄

日涉園集跋

樂易居士於永樂大典中錄出時乾隆辛丑之秋嘉慶二年丁巳閏六月借喜稻堂抄本互校另又錄八詩於各體卷末並爲書後附識雲泉居士

嘉慶五年庚申閏四月借嘉興沈帶湖比部叔埏本對寫五月初四日畢端午日校於知不足齋

芸隱橫舟稿跋

宋刻此序每行十八格上空二格一行十六字系橫舟自

書最為精雅惜未勾摹耳

古逸民先生集跋

古逸先生詩文僅見於新安文獻志寥寥數篇而已是集藏書家未有蓄之者吾友錢塘姚君古香得之親串亂帙中予首借抄之好事者因爭傳録杭城遂有數夲未𢇁古香以暴卒使先一年此書無從蹤跡矣然則雖謂古香不死可也古香名瑚藏書多秘册與予交最善然僅及三年耳卒時年止三十餘惜哉嘉慶甲戌六月六日通介叟識於知不足齋時年八十有七

虛谷桐江續集跋

方萬里桐江集已不傳僅此序見於戴表元剡源文集中
因錄于續集之首至萬里桐江續集自序一首已列此集
第四十八卷中茲不贅錄乾隆丁丑初一日燈下誌

竹素山房詩集跋

右吾竹房詩集郁君佩先為予鈔自樊榭山房讀杭太史
跋知其本近年始出於維揚馬氏也予考朱性父吾氏類
集題詞是書自性父從虞山雜鈔錄出始傳于世今第三
卷末拾雨師以下諸詩文皆朱所補附錄數十則亦其所
手輯是馬氏所得寶野航先生所遺留其功不可沒也乾
隆癸巳朝廷開四庫館予別繕潔本進呈乙覽業詔儒臣

知不足齋 小琢天寫

采入全書以不朽之矣然秘閣所儲人罕得見登之梨棗益廣其傳誠好古者所宜留意也時嘉慶十年歲在乙丑仲冬下澣

仇山村金淵集董浦太史始於竹房詩題中耳其名詫為異聞而深惜其不傳未幾高宗純皇帝開館采訪遺書得之永樂大典中既纂入四庫全書復頒武英殿集珍版本於各直省承學之士遂家有其書而樊榭董浦已相繼下世矣博末學小生幸天假之年轉得見所未見豈非平生望外之喜歟通介老人又筆時年七十有八

嚴陵集跋

梁溪孫氏

乾隆三十八年六月從浙江遺書局借天一閣宋刻本對錄廿八日知不足齋記凡一百七十四頁

乾隆四十八年三月重錄一過初四日記

誠齋詩話跋

乾隆四十年歲次乙未三月二日借鶴年先生藏本校于桐花館是日北風揚沙塵埃滿室扃鐍窗户無少隙漏如閉車箱中作新婦也

咸湻臨安志跋

咸淳臨安志縉雲潛說友君高譔說友史家不為立傳其序末列銜云云存此可以見說友之官閥書凡百卷

舊藏花山馬氏吾友吴君尺鳧以二十千購鈔其半其
半則得之王店朱氏檢討家碑刻七卷仍闕如也好事
者往往從吴氏借鈔鈔胥憚煩每割去大文長記以是
世鮮善本辛亥歲夏同在志局尺鳧携是書來予與趙
誠夫共相參校乃得睹悉真贗輒歎求書之難適檢討
孫稼翁以宋槧十七册求售亟從臾誠夫以三十金易
之山川古跡祠廟寺觀湖志全弋獲於此吾郡之文獻
又無論也施愕澹祐志久佚不傳説友聞一稱引之序
所謂漏且舛者也後陳布政再修為能胚胎前光稱杭
之善志其賢於夏大理遠矣秦亭山人杭世駿

宋咸淳閒潛說友撰臨安志百卷歷世寖久傳本絶少我
朝朱檢討彝尊先後從海鹽胡氏常熟毛氏得宋槧本去
其重複輯成八十卷又從他氏補鈔十三卷尚闕七卷無
從補錄其跋載曝書亭集中檢討既沒歸之花山馬氏道
古樓馬復售之桐鄉汪氏今則散佚莫可踪跡矣方在道
古樓時錢塘吳繡谷先生從之借錄予錢二十千僅得其
半又歷十餘寒暑始畢業馬雍正辛亥檢討孫稼翁以重
出宋槧本三十五卷售小山堂趙氏從吳本補錄其餘未
及裝整即歸北墅王氏寶日軒頃復為吳氏存雅堂所有
吳氏之居去予家祗數舍予每欲借鈔輒因病止今年正

月偶得平湖高氏本凡二十二册中間節次闕失而盡於
八十一卷每册有季滄葦圖記以傳是樓宋板書目證之
其卷帙相符蓋即東海舊物也内第四卷迄第九卷實季
氏補鈔中稱理宗為今上應是施愕滈祐志羼入暘謹按家藏本
第四卷乃宋刻第五至第十並知不足齋補鈔先生殆偶誤記耳餘二十册紙墨精好較
勝於趙氏本而六十五六十六兩卷又竹垞先生所未見
也因拆去季氏補鈔施志六卷就吳氏借趙本補錄凡影
宋刻鈔者一十六卷影鈔者二十八卷又影宋刻鈔序目
三十八翻合刻本通得九十五卷仍鈌者第一卷卷首序
錄二翻第六十四卷及九十卷至十八卷至一百卷留心

稽訪異日或成全書未可知也吴本有繡谷先生手跋趙本有董浦先生手跋記述頗詳并録於左俾後之好古者有所徵信且知吴趙二家購求遺籍不惜重資有足法者嗟乎聚書藏書良非易事即如泰興季氏花山馬氏桐鄉汪氏武林趙氏王氏以及健菴江邨之富且貴焉而此書不數十年間屢易其主若傳舍然況以余之薄弱其能長守而弗失乎亦冀後我者知所愛護而已乾隆三十八年歲次癸巳三月

雲麓漫鈔跋

雲麓漫鈔刻於商氏稗海者秖四卷此本傳自趙氏小山

堂較商氏所刻已多過半而宋詩紀事及南宋雜事詩所
引李易安投翰林學士綦崇禮書不在焉然則此尚非全
書耶更當覔善本訂正之乾隆壬午端午後一日
曹彬侯跋清波雜志云雲麓漫鈔二十卷則此亦僅有其
半耳丙戌五月廿有九日蘆渚寓舍書
乙未十二月十二日得十一卷至十五卷于小山堂李清
照啓載十四卷中觀自序則此書秖十五卷曹所云二十
卷者恐未足據耳

默記跋

朱君映漘校訖見還予取飛鴻堂本重勘復是正數十處

五種志南宋吳四所校世多
未見予近日〻因嗜軼書〻
癖不減昔人所恨林宗筆不
見我耳　乾隆甲午秋

然飛鴻堂藏本不佳尚有譌脱無從改定亦一恨也九月
二十七日燈下記
武林舊事跋
癸卯十一月三十日得此于集英堂
吹劍录跋
嘉慶丁卯三月過介叟录于菜市橋舟次
慶元黨禁跋
丙午十月初十日寫樣訖十六日校于青鎮寓舍
游志續編跋
辛酉九月望偶過孔嘉兄雲先閣見有此本在几上云是借陸

元洲者遂以袖歸燈下錄之以為齋中卧游之玩少俟閒暇盡
將載籍所傳遊覽諸作錄之以續二公之不足未知遂此志顧
否令徐問之裒完併記十一月朔錢穀

游志續編一冊錢罄室先生手鈔本予假于長塘鮑君以文命
胥錄之古人于小碎文字編之錄之不遺餘力若此惜陳氏初
編僅存其目異日當一一按目補之也乾隆丙戌秋七月晦日
吴翌鳳志

明錢罄室手鈔游志續編吴郡陸白齋先生所貽吴君枚菴借錄
未還出游踰十稔不歸家所藏書散失殆盡比書幸為黃孝廉蕘
圃所得予輟元刻道園學古彔遺稿易之不可則以枚菴手鈔本

歸余余喜過望如獲瓌寶舊本不復置念矣秋菴書法秀逸手書
秘冊幾及千卷他所收儲亦皆善本今之錢磬室也一旦化為煙
其歸也蓋有大難為懷者矣展卷歎息久之嘉慶甲子十一月望
通介叟鮑廷博識于知不足齋

蜀檮杌跋

乾隆戊戌端午後一日雨牕從金元宰書客借得鈔本補錄前後
序二篇并校勘一過其足本俟更求之

東堂集跋

乾隆庚戌借沈比部叔埏本對錄明年辛亥二月初一日校訂一
過

南宋羣賢小集跋

右南宋陳起編刻江湖羣賢小集借鈔于汪氏振綺堂主人諱憲字千陂號漁亭錢塘人汪本傳自瓶花齋吳氏主人諱焯字尺鳧號繡谷又號鶴籠生錢塘人其傳録始末繡谷述之詳矣其云曹楝亭所得宋刻歸之郎溫勤令見於家石倉書舍者溫勤為三韓郎中丞廷極石倉則錢塘吳允嘉志上也宋刻最為溫勤寶愛常置右朝夕把玩郎卒于官署家人將并其平生服御燼之以殉時石倉在郎幕倉卒間手百餘金賄其家僮出之烈燄中攜歸祕藏非至好不得一見也石倉沒家人不知貴持以求售屬君鶚得之以歸維揚馬氏小玲瓏山館乾隆壬辰仲冬予于吳門錢君景開書肆見之驚喜

與以百金不肯售許借校讐才三之一匆匆索去以售汪君雪礓不數年雪礓客死金閶平生所藏書畫化為雲煙而是書遂不可蹤跡宋刻實六十家裝二十八冊綉谷云僅得其半蓋爾時石倉老人不肯全出示之耳予鈔是書在乾隆辛巳之春維時亟於成書友人二嚴昆季（兄果字敏達　弟誠字力闇）姚君竹似（家賢字宜之）潘君德園（廷筠字蘭垞）郁君潛亭（禮字佩先）俱踴躍助余手鈔錄成思請善書者人書一卷重梓以行事重費煩時作時輟因循迄今汗青未就彈指遂四十餘年矣一日石門顧君柔泉在予案頭見之力任開雕期年蕆事其鏤刻之工較宋刻為尤勝復就
文瀾閣恭錄

欽定四庫全書中江湖後集附焉而是書更無遺憾矣所惜敏

達力闇潛亭俱先後謝世不及快覩其成而予猶得與竹似德

園諸君舊雨重聽新編共讀晚年樂境何以逾兹歎息之餘又

不覺撫鬚自慰也嘉慶辛酉七夕

雲溪詩跋

嘉慶己未四月初一日校次日用吴石倉本重校

夾漈遺稿跋

嘉慶己未三月跋　丁卯二月二十日以南匯吴氏新刻莆海

珠塵本校一過謬誤極多又在此本下矣

洪龜父集跋

乾隆己酉仲冬借沈比部朵埏本對錄庚戌四月初十日晨起

重校改五字　乾隆六十年歲次乙卯八月初四日　閣本校

正補詩四首

北戶錄跋

北戶錄四庫所收通爲一卷此本乃明錫氏鈔本獨承唐人之

舊爲三卷且注書人崔龜圖姓名獨全又有陸希聲序可寶

也此書舊有校本爲徐北prefix借閱明胡文煥刻本并爲二卷須覓徐没遂不可得矣

其本對校舊朱筆似不通文義人以誤本校改可笑可恨

南宋院畫錄跋

乾隆癸未秋從樊榭山房稾本清本

樊榭先生抄撮古書往往以意删削如此書所引六研齋筆
记寶繪録之類是也重抄清本必須覓原書對過不可草
草 刻本草草下有知不足齋記五字原本無

药房樵唱跋

乾隆二十五年八月十四日傳小山堂趙氏本廿一日畢次日
校完 明年辛巳八月十二日收得吴石倉先輩家藏
舊本暇時當取讐勘一過

梁溪孫氏

悔菴書後三卷長樂高真帝爲余寫成可感也 丙辰六月廿二日 留菴記

悔菴書後目録

卷上

梁溪孫氏

書儀禮注疏詳校後

書手校汲古閣儀禮注疏後

書明刻本儀禮後

書讀論語叢説後

書唐石經爾雅後

書雪牕書院刻本爾雅後

書大人手錄爾雅新義後

書爾雅參義後

書爾雅正義後

書孔刻本孟子章句後

卷中

書新刻示兒編後

書手錄雲煙過眼錄後

書手錄雲煙過眼別錄後

書閑闢錄後

書責備餘談後

書潛邱劄記後

書盧抱經先生札記後

又書盧先生札記後

書宋版史載之方後

書宋版王荆文公詩注殘卷後

書宋高宗賜岳鄂王手勑墨蹟後

書湖州石塚村青蓮院記後

書顧端文公鄉試墨卷手蹟後

悔庵書後卷上

歸安嚴元照

書手錄宋本東先生書說後

通志堂經解所刻呂成公書說乃成公門人時瀾增修之本時氏之序曰東萊夫子首據是書之蘊門人寶之片言隻字退而識錄見者恐後亟以版行家藏人誦不可禁禦其後又曰記憶舊聞伏而讀之芟夷繁亂翦截複雜俾就雅馴則是成公書說召誥以上固已有版行之本在時氏之前者迨時氏增修之本行而原書遂晦今已不復有見之者矣予去年傭書

客杭有人以東萊先生書説示佶者自堯典至武成共十六卷前無序目首卷題門人鞏豐仲至抄以時氏書校之蓋即其序中所稱版行之本時氏所据以芟夷翦截者也然一經刪潤往往不如原書之曲盡甚矣增修之爲言非易也且成公之門人多矣而此書專題鞏氏則成公尚書之學栗齋實受之而時序中但云門人識錄之陋世遂不復知有栗齋之書唯元人魯應龍序王天與纂傳曾一道及之耳此書宋刻本字畫精整紙墨良善然自洪範以下巻已闕佚人故莫之售卒歸於予竊以爲幸今茲杜門無事模

寫此本起手以仲春之月戞怒疾苦旁午交作閱四月餘始克竣事計二百十有七翻行款字畫悉依宋刻書中有禹貢圖一紙圖旁有小字一行云丁未年六月蔡清刊案宋孝宗淳熙十四年理宗淳祐七年歲皆在丁未此葢淳祐間刻本也

又書宋刻本書說後 庚午

戊辰之歲從杭州購此書歸越一年手錄一副旣爲攷其本末書之後矣書中避孝宗諱凡慎字悉改爲謹雖經文亦然於說中遇讓字或改爲遜讓字之在經文者乃不闕筆餘諱亦皆不闕筆此目是付刻時

疏於讐校之故予所見宋刻書凡大字工整者避諱缺筆惟謹其小字本出坊刻者往往不爾而世之翻宋刻反謹於避諱世人不能辨識宋刻眞贋唯核閲筆之字失之遠矣予恐觀此書者於此不能無疑故書此以釋之吾藏此書異日欲以付邁

書手錄尚書古文疏證後 丙辰

僞古文尚書出魏晉閒其僞也誠無可辨而莫或致疑自宋吳棫始開其端而朱子亦屢言之顧未敢決也元以後論者漸多明人遂有著書專攻古文者太原閻氏古文疏證之出攻之尤力疏證刻於乾隆乙

丑凡八卷（五六兩卷分上下）百二十八篇今存者百篇後附
朱子古文書疑一卷有黃梨洲胡東樵序予向人借
錄此書大寒呵凍兩手生瘃矻矻硯墨間百日而寫
竣此書掊擊古文不留餘力而悉本諸古經典不作
武斷非郝敬梅鷟之書所能及也然駮古文而遂講
今文攻孔傳而并議蔡傳因尚書而及它經因經而
及史子集讕言長語失著書之體裁爲可惋惜耳同
時錢塘姚際恒亦攻古文所著書不顯於世閻氏引
用極多藉以存其厓略予欲芟此書之繁蕪別錄爲
一書而卒卒未有暇姑識於此以俟他日云

書春秋經傳集解宋刻殘本後 甲寅

右宋刻左傳第十八第廿二廿三廿四四卷中有數翻有直學葛熙靖監修字又有直學王錫校正重換字萃古齋主人錢景開所貽也予案困學紀聞引襄廿八年傳武王有亂十人闕百詩云今左傳有臣字今攷此本固未嘗有也昭廿年傳衛侯賜北宮喜謚曰貞子賜析朱鉏謚曰成子而以齊氏之墓田予之杜氏云皆死而賜謚及墓田傳終言之南宋本有作皆未死而賜謚及墓田傳終而言之困學紀聞据之以爲生而賜謚之徵何屺瞻得宋刻殘本始正其誤

此本正無末而二字蓋即何氏所見者景開名時齋湖之書估也寓於蘇州能詩善鑑别宋元版刻幷法帖書畫以此書貽我畀以錢不受亦稱有雅尚者

書手錄春秋張氏集傳後 甲寅

宋張文憲公洽春秋集傳一書其詳見抱經盧學士跋語予攷勝國泉 國初藏書家皆不箸錄聞常熟人家有之後燬於火竹垞健菴諸公未有見此書者客或言杭州汪氏藏此闕本試往求之索直二百金有奇不果買歲壬子以海寧錢廣伯爲之紹以四十緍錢得之乃元延祐元年臨江路學刻本後有文憲

曾孫庭堅題識知其刻資出自敎授李君李君能表
章先儒遺書誠賢者惜其名不傳耳此本每册有曹
溶顧汝修名印書廿六卷已亡其七文憲采輯衆說
三傳而外於晉取杜於唐取啖趙陸於本朝取二孫
復覺二劉敞絢伊川程氏襄陵許氏武夷胡氏之說最多
餘若蘇氏呂氏雖取之不多也於諸家之說互可證
明者以一家爲主而餘說夾注於下文憲亦閒附已
說今存者卅有餘條大氐視所著集注更條晰而字
句皆同者亦有之其於春王正月公即位辯析至詳
夾注僅千字皆集注所無學者當參攷之明初以集

注取士後以胡傳易之而張書寖微然集注尚有通志堂所刻而此書世遂無二本予是以竭四旬之力手錄此以爲之副且識數語於末俾後之得是書者善視之

又書春秋集傳影鈔本後

予昔年手寫本已贈仁和宋助教左彝元刻尚留予家歲乙丑錢塘何君元錫以十三經注疏一部易之去後歸巡撫阮公聞已入天府久矣何君命鈔胥影錄數部歸其一於予何君鈔書求速不求工雖影寫仍多誤字予亦至今未暇校也

書手錄儀禮要義宋本後　乙丑

諸經之疏各自爲書元不與經注相連屬後人與經注合刻則不能不有所併省故諸經疏之分卷多非唐宋之舊如儀禮之疏本五十卷而今則依經之篇目合爲十七非賈氏之元第矣蘇州黄氏藏宋景德刻儀禮疏五十卷猶存賈書之真惜亡喪服經傳第五至士喪禮計六卷書遂不完此魏文靖公儀禮要義乃其九經要義之一分卷一仍賈舊且卷袠完具景德本既闕其分卷起訖今猶可攷見者唯賴此書

此書載於聚樂堂書目朱錫鬯所未見者予財弱冠

好宋刻書杭州汪氏藏宋刻本廿册索值五百金予
必欲得之求之急議直廿六萬錢議既定顧無所得
如干錢乃盡賣家所有書得錢畀之書遂歸予而予
書癖之名遂播於一時向曾手録一副元和顧君廣
圻借去三年矣年來資用日絀度此書不能長為我
有故又寫此本校而藏之它日不得見中郎猶庶幾
見虎賁也初予得此書時唯汪氏有副本近則友朋
中漸有傳録者計世間亦有六七本矣予未見景德
本心豔之甚未知此生得一寓目否寫始於去年三
月之望到今四百有四旬矣饑饉荐臻流離困頓重

以家禍弭之無方憂惶驚愕之中矻矻作鈔胥雖欲不謂之騃也不可得也

又書儀禮要義後　乙丑

始予之愛是書也徒以其宋刻耳不惜高價置之徒豪舉耳非真知其美也藏之十年遇元和顧君廣圻爲予道卷第之妙始稍知之此書於經注删十之九於疏存其半所錄之疏悉据景德本無所回换非若朱子通解多所删潤也立秋以還暑風轉劇取以校汲古閣注疏一過補軼文若干改譌字若干聊摘數科以見厓略士冠疏夏殷質則質仲周文則積叔若

管叔霍叔之類賈引二叔為積叔之徵積之言為重
也絫也今則譌為稱仲稱叔士昏疏引詩翟蔽以朝
以蔽為茀鄭氏周禮巾車注所引亦然茀之訓為蔽
易婦喪其茀鄭氏云車蔽是其徵也翟蔽字疏中凡
三見文靖識於工方曰疑當作徹非也聘禮記對曰
非禮也敢唐石經已闕梁補者敢下有辭字張忠甫
識誤据疏云介則在旁曰非禮也敢證經之辭字為
衍文此與忠甫所据者同今本已於疏中增辭字矣
喪服記衣二尺有二寸注云自領至要二尺二寸倍
之四尺四寸加闕中八寸而又倍之凡衣用布一丈

四寸疏云加闕中八寸者闕中謂闕去中央安項處
當縫兩相總闕去八寸文義顯然今悉譌而爲闊中
何可通也既夕梧受疏云梧即逆也對面相逢受也
案爾雅曰遘逢遇逆見也疏說取之於此今本逆作
逆校者欲改下逢受爲迎受而不知逆之本爲逆也
今本又有不明當時語氣而臆改者數科士冠禮禮
辭疏有一辭不許後辭上許再辭不許三辭上許云
云上之云者語氣如此今人猶有之近本則改上爲
而又鄉飲酒疏有上來字上來者指前事而言猶以
後事爲將來也今則直作上文矣其疏士昏禮之筥

筐蘆也云其狀無以可知於燕禮記又云饗禮亡無
以可言兩用無以可字今於前則改曰已無可知於
後則改曰無以攷證此類雖無關於大義而古人之
語氣以漸失之亦大可惜凡此俱是而非者非以舊
本相校未易正其繆其它佳處又見於德清徐君養
原之跋可參攷也乾隆乙卯學士盧抱經先生刻儀
禮詳校曾借予手寫本去乃曰與近本大略相似先
生是時篤老且病急於成書實未暇細讀也

書儀禮注疏詳校後乙丑

抱經先生所校儀禮其先刻於羣書拾補者冠昏兩

篇乾隆乙卯始盡以付刻刻垂成而先生殁矣其書
大段以官本注疏爲主而輔以它本則浦氏鏜之正
字金氏曰追之正譌也宋景德刻單疏本在蘇州當
時浙人無知之者獨予家有宋本要義予所録副本
先生借去未幾時即還予問之則曰絶少佳處與近
本相伯仲耳予於是時亦未能詳也今兹以要義校
汲古閣注疏因取此書相參校然後知官本所增改
合於要義者十之七八浦金兩家合者十五六先生
但注曰官本增改浦金增改而已未嘗云要義如此
則先生於要義聊一寓目未之細攷也先生是年七

十九歲夏秋間已患病時予以試事在杭猶記一日
者謁先生先生正覆校此書見客至驟卬首離坐執
手睇審不辨爲誰某高聲通姓名乃悟蓋其時已衰
甚矣以篤老之年校難讀之經繭絲牛毛句櫛字比
欲求其一無可議難已往時元和顧君廣圻頗掎摭
此書之失予告之故顧君乃不言今適追理及之距
先生之下世十有一年矣不及先生之在也相與商
較之惜哉

書手校汲古閣刻本儀禮注疏後丁卯

宋景德元年所刻儀禮疏五十卷今藏蘇州黄氏吾

友元和顧千里廣圻有校錄之本辛壬之間儀徵阮
公元巡撫浙江延客校十三經注疏任儀禮者德清
新田養原也又以顧校錄出一本予既以家藏魏氏
儀禮要義疏校一過復向新田借所校本勘對大略與
要義相伯仲儀禮素號難經賈疏亦謇澀不易讀天
獨留此二書以況學者豈不幸哉

書明刻本儀禮後庚午

宋張忠甫校儀禮其所据者嚴州本本之最善者也
其本今尚有流傳明人鍾人傑所刻者雖未嘗明言
其所自實則嚴州本之耳孫也嘉定金氏曰追作儀

禮正譌据之以校經注之外駮惜孤行之書世人既多不得見或有見之者亦往往忽之不知其可貴予生平僅一見未及傳寫年來寓居德清北郭外與倪君覽衡宇相望言及於此倪君出藏本相示乃借讀一過明人多喜刻書刻書之人不必皆有學者故未嘗知校讐之事然去宋猶近善本猶多照本翻刻不復措意其得與失皆出於古人中間小小譌錯不過傳寫失真循其形聲而求之不難反其眞邇來學士大夫攷古之業非不遠勝勝國然其栞行古書必先之以校其用意誠美然求之過深或且出肊見而改

易之顧其所改易者必有説以處之讀者且不覺其誤故其本眞一失遂不可復校之病與不校之病相衡焉則盍弗校矣鍾氏此書正以不校而存其眞之爲善也爰書於端以復於倪君俾十襲之與宋本等重也可也

　書手錄讀論語叢説後

白雲許氏讀四書叢説總八卷論語三大學一中庸二孟子二朱錫鬯未見其書經義攷據一齋書目云二十卷誤也今　四庫全書所收中庸僅存其半論語全佚德清徐君養原家藏元版論語予從借觀其

書不載經文標題章節二十篇中有說者十之六七
其所偁引朱子語錄而外胡氏之通釋金氏之辯證
而已許氏無己說但多為之圖予謂名物度數有非
圖不足以明者若夫書理何必圖也圖之斯陋矣然
其書雖無甚裨於經義猶較愈於明人之空腹高談
者故以暇日錄存一副行款悉遵版本中卷有斷版
二番僅存下截下卷末葉存字無幾無從補訂棄此
書刻於至正六年見張樞讀書叢說序許氏別有讀
書叢說說尚書與讀四書叢說非一書也

書唐石經爾雅後 癸亥

釋文所云本今作某者與此刻合者十之七八云本
或作某者與此合者十二三亦有不見於釋文而甚
佳者數科釋詁豫射厭也厭作猒案說文猒訓飽猒
訓飽此作猒得之釋言揞拄也揞拄皆从木釋訓緜
緜麃也麃以禾旁皆合於說文釋水厓内為隩外為
鞫鞫作隈與左傳疏所引者同據說文澳隈厓也其
内曰澳其外曰隈之義則隈字非誤釋蟲鼅鼄四見
鼄皆作鼅蛜威委黍蛜作蛜以說文校之皆正體也
顧氏金石文字記指其誤者十五件顧氏未見釋文
所据者明監本注疏故多以是為非近儒已駁正之

可弗論矣其所舉木謂之虡枳州木魚尾謂之丙三
件則唐石已闕明人所補刻者顧亦弗能辯也十九
篇中有小題者七篇題皆系於後獨釋親篇小題系
於前所見宋本盡然唯此不誤釋畜篇末小題六畜
二字周禮左傳疏屢引之則此已脫去矣釋言篇自
邑至猱共百字筆畫輕俊與前後不類殆亦補刻者
然猶在元明以前也釋鳥與鵛鶨釋文云與樊孫本
作鸒玉篇廣韻引亦作鸒蓋即卑居一鳥而異名耳
此誤爲與後人遂沿之顧氏弗能糾也桑扈竊脂兩
見諸本皆同近邵氏晉涵斷其一爲衍文立七證以

明之說見於邵所撰正義

書雪牕書院刻本爾雅後戊午

爾雅注三卷首葉有雪牕書院校正新刊白文正書長卬不誌年月亦不知書院之所在也審其彫刻殆南宋之本景純注爾雅別譔音義書已久佚其注文自有音陸氏釋文每為郭音作釋邢疏亦為申明明監本汲古閣本譌脫甚多邵氏正義捜輯亦未備郭音有一字者有二字者有三字者三字者僅一見釋草出隧蘧蔬注音氈氍毹釋文於此三字皆有音釋俗本改氈字為同釋文氈字之音遂無所附麗此今

獨不誤友人武進臧君鏞堂將有遠行予許以此書
爲贈因校存其本經文大半與唐石經合可以正俗
刻之譌而如釋鳥與鷊鶴與不作東輿字則勝於石
經矣又如釋詁嗟咨蹉也蹉字作髮則并勝於釋文
矣釋畜四蹢皆白首初學記藝文類聚所引與石經
皆作首此獨作駵雖不見於釋文然玉篇廣韻皆有
駵字訓爲馬四蹢白知爾雅古本有別作駵者不可
謂誤也又知木堇之堇从艸堇聲自隸楷行書誤認
廿頭爲艸頭故更不从艸傳譌至久此本獨从艸爲
堇校勘字畫茲爲最勝矣釋畜騋牝驪牡此本作驪

牝案說文騋下引詩曰騋牝驪牝今本亦誤牡即此文也
引爾雅而云詩者爾雅釋詩者也說文又引不犙不
來亦僃詩不僃爾雅景純於此從說文作騋牝驪牝
句讀則與鄭康成異文字則與孫叔然異若作驪牡
則景純不應釋騋牝而置驪牡臧君之高祖玉林先
生嘗論及之惜不得是本一為之證也釋木篇注引
孟子養其樲棗宋刻單疏本與此本皆作棗齊民要
術玉篇藝文類聚皆同俗本改作棘非也釋畜注引
公羊傳靈公有害狗謂之獒何邵公本作周狗景純
所引與博物志宋本皆作害俗本作善或作畜皆非

是其它注中文字小異以釋文校之往往與所云本
或作某者相符它如鶶白鷺分鶶鷺為楊鳥二字之類
亦為小誤擇而取之是在善讀者

書爾雅新義後 丙辰

陸氏佃爾雅新義自來藏書家絕不著錄經義考云
未見初聞徽州有此書道遠莫能致同縣丁敬授杰
藏舊鈔廿卷殆陳振孫所稱其曾孫子遹嚴州刻本
也大人從丁君借觀手錄一本五句而畢命元照
校之前有元符二年自序文極詭誕其注履帝武敏
引武未盡善大者謂之棋引大舜有大焉比傳經義

殆同兒戲陸又號通小學者顧殊不識字鬭鬩字皆
从鬥釋文石經从門者相承繆體如是陸不知正其
誤於鬩恨也注反附會之曰門内之事蚕他典切與
蠶字音義迥異唐時俗借作蠶行之已久然固未有
以蠶解爾雅之蜸蚕者陸注之曰蚕老而後眠是直
以蚕為蠶矣不知篇中蟓桑繭乃是蠶也釋鳥與鵛
鸛樊孫本與作鷽見於釋文葢即卑居也一鳥而異
名耳石經誤作車輿字陸又附會之曰輿載也此皆
甚可笑者又若狄臧槔貢綦景純云未詳釋文廣韻
以狄臧槔為句陸以槔字屬下讀蠸蜩蜸蚕陸於蚕

字句絶以蚕下屬莫㣙爲句不知何所本也注中多
引荆公字説當元符時王氏新説已奉明禁而猶欲
鼓其頹波疑誤學者良可怪也予嘗聞之抱經盧先
生曰古人之於字義不因音讀之異而爲區别爾雅
台朕賚畀卜陽同訓爲予不必分予我賜予兩義也
予因先生言推之見爾雅如此例者尚不少陸於爰
粵于那都繇於也注曰於一名而兩讀於台朕賚畀
卜陽予也則曰予亦一名而兩讀於昌敵彊應丁當
也又曰當一名而兩讀注中唯此義爲至精所謂先
覺者也其經文本於釋文石經可以校近本之誤亦

間有異於釋文石經者如勴助也勴作勸据說文玉
篇元未嘗有勴字嗟咨嗟也釋文云嗟今或作䶒二
字皆不見於說文此書作髮始知嗟䶒皆髮之省此
二科皆勝於釋文石經北宋時舊本猶未盡佚故所
据不僅釋文石經也

書爾雅參義後丁巳

八股盛而六經微亭林蓋有激而云然非篤論也雖
然是亦惡可厚非丹陽姜兆錫喜說經有九經補注
盛行於時間予取其爾雅所謂參義者讀之真經之
蝨也爲之廢書大息信亭林之言非過其於經文傳

譌不能是正更證成其繆釋訓怟怟憂也怟从氏說文玉篇怟皆訓憂俗本怟誤从氐姜据玉篇有怟字訓悶曲為附會不知玉篇怟怟別出一訓憂一訓悶未嘗淆也援引注疏任意塗改初不顧文義之窒於景純所未詳者補之盡臆說也其所偁字書不知何書以之改經文糾郭注又喜据朱子詩集傳以證雅訓小學淪喪至此極矣而村夫子樂其便易靡然奉之疑誤學者當何如也彼歿身以務帖括者既不屑措意於經而若姜君雖頗有志於古惜乎鹵莽滅裂不唯無益而重有損也故為書其後以砭之

書爾雅正義後 癸亥

餘姚邵學士晉涵爾雅正義箋釋允當徵引博贍較諸邢叔明之書不翅倍蓰過之且於景純之注誤者糾之闕者補之信此經不桒之典也此經自開成而下尚有宋本存於人世即明人如郎奎金鍾人傑吴元恭　國朝王朝㝦諸人所刻皆遠勝明監本汲古閣本注疏又自漢魏下到北宋典籍徵引頗有異同學士於此尚未能博綜以資參訂然非大疵可勿論也間有巨繆恐滋疑誤敢竭一得之愚用裨千慮之失說文解字與此經相為表裏許君之義可以證明

雅訓者在所必援而踳駁甚多俅戴也說文訓俅為冠飾皃引詩戴弁俅俅其義正同邵不之引而云說文作絿失糸部之絿於義為急商頌不競不絿是也於此何與十羽謂之縛說文訓縛為白鮮色非其義不引可也而乃引縛束也且曰十羽可以束也是不識専尃之辨矣素錦綢杠綢乃韜之假借而引說文綢繆也綢繆之義於此奚取諸所誤引誠足齒冷然猶有其字也亦有說文無此字而誤仞它字以當之者其於玉謂之雕引說文琱剝也又援左傳剝圭以為之徵案說文琱治玉也彫琢文也則琱彫皆可用

从刀者俗書也其訓剝者乃是割字形相近侶漫不
措意又皮傳引文以證成其繆過矣它若賑之訓富
偨之訓聲僨之訓僵弄之訓玩忝之訓辱釋水滸水
厓釋器草中絕謂之鲞說文皆同顧或引玉篇或引
說文它訓一若說文無此字者何也又其所引書籍
改竄以就己意者十之七八而於釋文尤甚算數也
引盤庚釋文選即算也翿纛也引陳風宛丘釋文翿
作纛音義同所以止扉謂之閣引左傳高其閈閎釋
文閎本或作閣皆未嘗有其語又於釋水外為隈云
唐石經及宋本俱作鞫宋本吾弗知石經固作隈也

釋畜篇末小題六畜二字石經無之而云据石經補是於石經未嘗讀也景純之注監本譌闕可以宋本補正邵於釋山篇据詩禮疏補注若干字乃宋本所無者中有宜音之字釋文無音則知是音義之文而非注也以之補注失之專輒景純既別譔爾雅音義而注中仍自有音宋本已多漏落監本删汰尤多邵所增者未能賅備且有不明句讀而致誤讀者釋本檷虎纍注云今江東呼為欈檷音涉欈字句絶檷音涉景純之音也監本删音涉二字而檷字不删邵遂誤以欈檷連文此則一檢邢疏卽可憭然者其文字

沿監本之譌者尚多而所引書篇中卷數多錯棄籍求之輒不可得校勘之疏尤未易悉數學士當日校官書既繁冗而人就之講時藝者且以百數退直講肄之暇以餘力成此書其不能甚精固所宜耳當其草藁未定雖朋好不得見歸安吳孝廉蘭庭德清許兵部宗彥與學士往還最久皆未之見也刻成後亦時時修改惜改之終未能盡學士又有孟子正義書未成而歿藁在今大學士諸城劉公家

書孟子章句新刻本後　乙丑

諸經漢學之存於今者鄭氏詩禮而外何邵公之公

羊趙邠卿之孟子而已邠卿孟子章句爲宋人作疏者所亂其書前有題辭後有篇叙每章有章指如論贊語作疏者去其篇叙復改削章指爲已有學者不得見邠卿元書蓋數百年矣猶幸有宋刻流傳毛氏扆何氏焯皆得據以補正譌脱休寧戴編修震得兩家校本而傳錄之曲阜孔氏以之刻入戴氏遺書其正文與今本異者合於宋高宗御書石經注之與今本異者合於日本國攷文所據之古本洵異寶也予案公孫丑第二章伯夷伊尹何如其解曰伯夷之行何如下文又曰言伯夷之行不與孔子伊尹同道也則

經文伊尹蓋衍文也又許行章是率天下而路也其解曰是率天下之人於羸困之路也予攷孫宣公音義大書羸路不曰羸困則宣公之本無困之二字且音義於經文之路也曰丁張並云路與露同傳記中羸路字多作露而孟子則作路故云同以明之羸路者劣弱也作疏之人不明斯義誤以道路解之故妄增困之二字以就其繆說耳又任人章於荅是也何有其解曰於音烏歎辭也漢儒無直音之例音烏二字亦非邠卿元文此數科傳譌甚久故與今本同誤其它舛駮處殊不多見則毛何兩家之功居多也

書孟子音義後 癸亥

是率天下而路也邠卿云是率天下之人於羸困之路也予讀之而竊疑經文之不詞今案此書曰路也丁張並云路與露同又曰羸路力爲切始恍然於邠卿以羸路訓經之露字而困之二字則邵武士人作疏之時不得其解而妄增之者也羸路之義傳記屢見之孟子作路故曰與露同也注中困之二字當据此刪之宣公所采唐人之音丁公著張鎰兩家其説亦多歧梁惠王上放辟邪侈丁作移是罔民也丁作司民滕文公上與此文同則又引張云諸本作移誤

也或作司誤也予謂移侈皆从多聲古通用少牢饋
食禮侈袂釋文云本又作移是其證也古無伺字以
司為之司民猶言為阱以待民若狙司然也何誤之
有宣公於前則引丁後則引張無所折衷亦疎於檢
照畫爾干芧或作苗槀士相見禮草芧之臣鄭康成
曰古文芧為苗則芧苗古今字也此宜以之補王伯
厚之詩攷者而張又以為誤蓋丁張皆不通小學而
張為甚也又案逢蒙之逢从夆即逢遇字丁謂當从
夅臆說也訑即說文詑字它也也二字之溷久矣
今以說文訓欺不合於邠卿謂當借讀為訑不知訑

乃詑之傳譌詑又訑之俗體也簿正本多作薄案古
無从竹之簿从艸則得其正而反以爲誤諸若此類
皆當糾正書前有宣公撰進序邵武士人作疏託名
宣公即以此序弁首其可笑如此

書傷寒續論遙問後壬申

吾邑徐還園先生諱行字周道明諸生也名在復社
府志有傳精於醫著傷寒續論遙問一書卷褎繇重
先生後人文學某者赤貧與先考善先考嵗貽之錢
米文學嘗以遙問藁本求售議未成而先考殁今其
藁不知何在矣里中莊丈敏來娶先生孫女嘗手謄

兩卷未及全莊丈歿後其子以畀余藏之廿有餘年
矣洊遭家禍圖籍散亡不可僂數邇者歸里檢笥於
叢殘中得此冊為之驚喜徧索前一冊已不可得府
志不載先生所著書吾鄉人尠能舉先生名姓者況
其書乎手稾既未由見藉此副鈔少存厓略不忍聽
其散亂也莊丈生同里閈亦業醫先考以兄事之余
幼年摸杖屨焉手寫此書累數萬言始終精整無一
字率密札細字戢孴行間於此可想見前輩風範爰
付工裝護而書其後

又書遙問首卷後

今夏歸里門檢校故書得此書第二卷重是鄉先哲
之遺箸而繕書之莊丈又吾父執也乃攜至山居裝
繕而跋其後念上卷之亡輒為邑邑無意中屬人旁
求之秋冬之交其人果攜以來儼然完好葢得之數
百里之外也為之喜劇亟為重裝與次卷同匧藏之

書孔堂集後癸酉

吾鄉先輩歸安姚玉裁長興王立甫二先生在雍正
乾隆間以詩文相雄長其遺書皆隱約吾友楊傳九
鳳苞旣贈予孱守齋遺藁復以王立甫遺文一册見
借孔堂初集二卷計詩七十九首文十篇孔堂文集

一卷計文十有七篇孔堂私學二卷則隨筆紀聞之
類也有姚先生之序余屬蔡秀才逢春錄存其集三
卷又力疾手錄全謝山先生所譔壙誌銘一通置諸
册端先生詩文務精細不率意下一筆手自料檢所
芟薙者殆過半矣然所存雖寡能令人嗟誦不忍置
先生年財四十成就便已如此天苟假以老壽定捹
笋順甫出[redacted]其上惜乎其死之遽也此集刻於乾隆己
未轉眄八十年若滅若沒鄉之後輩知先生文者尠
矣獨余以久病垂死之人展轉一瓻傳謄副本不可
謂無意於先生者又惜乎余之力已止於此不能更

有以張先生也

悔菴書後卷上

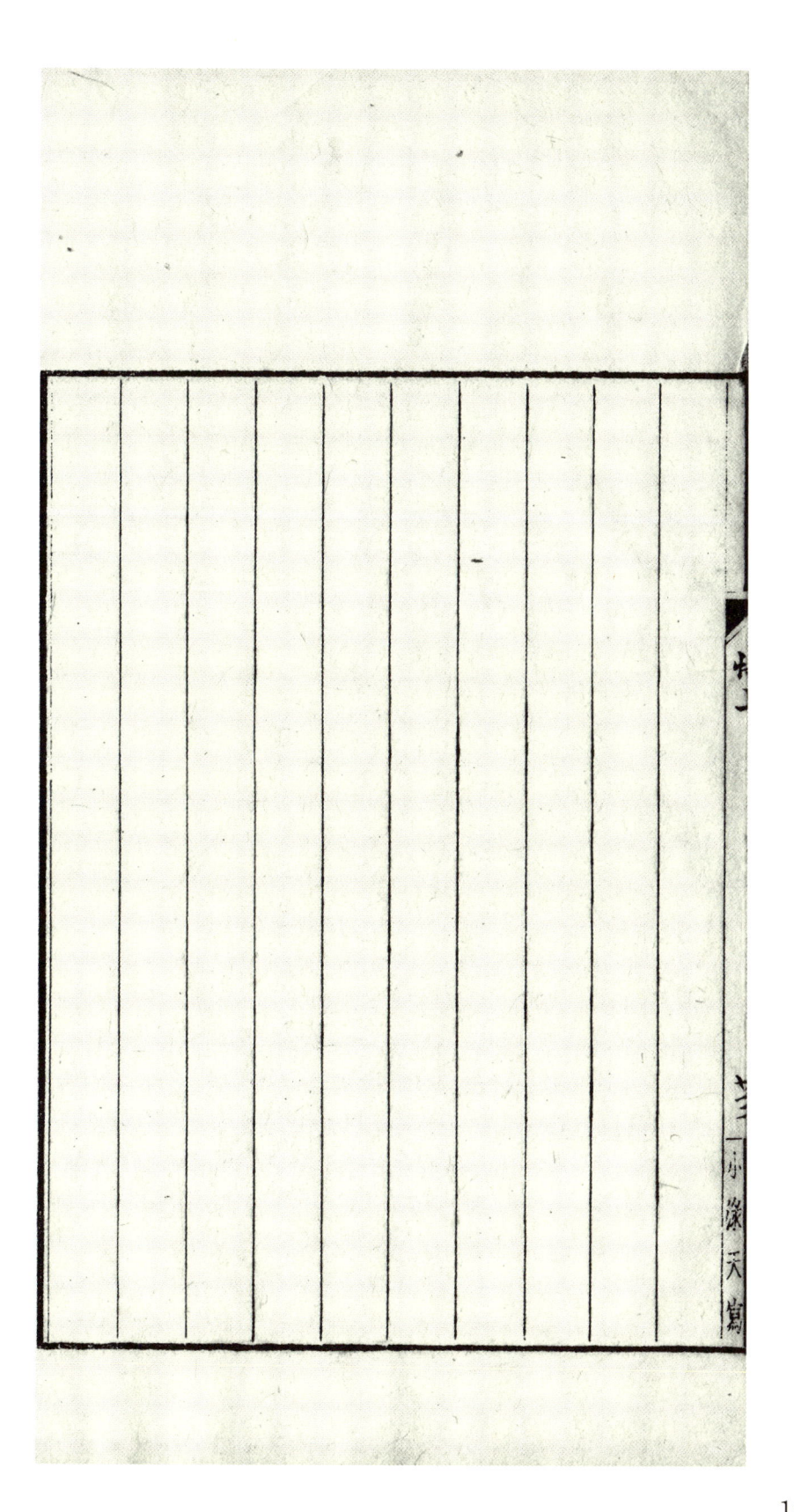

悔菴書後卷中

歸安嚴元照

書五經文字後 癸亥

此書載經傳文字不止於五云五經者總其凡也字凡三千二百三十五分部一百六十視說文部分少二百六十取其易檢不得不并省之耳部首字皆用說文其自立者獨一爿部此非字書也毋庸以說文之例繩之然其所分合有不可省而省者若孫緜縣三字从系不別立系部而附於糸有可省而不省者構溝遘媾講覯六字不以分隸木水諸部而特立冓

部以統之皆其例之可議者也所引經典釋文有[illegible]與
今本異者知釋文為後人竄改者多矣序中引論語
吾猶及史之闕文也今亾矣夫節去一句葢本諸漢
書蓺文志說文解字序故人引書不嫌節改不可謂
漢唐人所引如是而遽疑今本有傳譌也并附論之

書十三經問對後 乙卯

是書元人何異孫著通志堂刻本亾其自序後二卷
闕文甚多抱經盧先生從元刻錄得一本序文特全
而末卷猶有闕字玆舊鈔本乃更勝之其以四書書
詩三禮春秋孝經標為十一經或頗疑其杜撰案其

序云擇六經四書十七史左傳通鑑綱目之可助蒙訓者緝爲小學問對則是書本名小學問對後人專取其說經者彊以今名名之非何氏之全書也此書特爲初學者設故經義初無發明首卷論語一貫章以子出作曾子出其對語亦作曾子出解于攷漢唐石經及皇邢兩疏本皆無曾字不知所据何書翟教授灝四書攷異亦失載聊書於後以諗來者

書四書典林後 辛酉

婺源江先生永近代名儒也箸書數百卷多未授梓海内學者憾不得見而所盛行者鄉黨圖考四書典

林二書圖考尚有稗於經義若典林則兎園册子之
下者也驅一世之人使之務剽竊而不復讀書其力
足以亾經村塾傳授之祕笈若此書者何限何足深
惜吾獨惜此書之出自江氏耳吾邑沈徵士炳震所
著書亦多散佚獨所纂唐詩金粉行於時鏤刻精致
紙墨良好亦徵士之不幸也夫合乎者必倍乎俗
合乎古者晦合乎俗者行物理恒然無足怪者若夫
既志於古矣而又逐逐焉以趨時尚則吾誠不喻其
意之所在已耆古者鑒之

書手錄法言汪後　乙卯

楊子雲作法言以擬論語後世遞相祖述為之注釋
晉李宏範之注其最古者也明人并柳子厚宋咸吳
祕司馬温公之注合刻之闕譌致多何屺瞻小山昆
弟用南宋國子監翻彫官本校之闕者補譌者正始
知宏範於當篇題下皆有注而明本則盡亾之抱經
盧先生有傳校之本予從之借錄一過中有數條宋
本無而明本有者疑或别有所本不忍棄也問神篇
述而不作章注中有十五字係宋咸注誤攙入者予
斷以文義正之蓋至是而李注庶復其朔矣序十三
篇元總列於後宋咸升序於各篇之首妄也兹悉復

其舊宋本別有音義一卷何校本未錄出故闕焉

又書法言注後 丙辰

吳師道曰晉李軌注法言錢佃用國子監治平中舊本栞之當時已用宋咸注增入矣今以四注本校之李注簡宋注詳凡李注本其文詳者皆所增入也其明注咸曰而誤以為李注則佃不考之過也如正文淵騫篇脫三十六字注字譌誤甚多或間提行處或然或否亦有文未斷而復提者其校定豈得爲精邪吳之言如此今何校所据正錢佃本也予讀修身篇注莊周與韓非云云百四十有九字明本作宋咸注

而此本歸諸宏範文義不類初甚疑之今得吳說乃知明本非誤其它允長之注當亦不出於宏範惜吳校不傳不敢以臆定也所云淵騫脫文無從補譌字亦無從正又文選注所引宏範注亦頗有不見於此本者然則此書之在宋時闕譌固已不少矣

書集韻後 癸亥

曹氏刻集韻類篇二書行世不多集韻尤罕見近始購而讀之其分部與廣韻同而目錄下同用獨用小異於廣韻若平聲鹽與添咸與銜嚴與凡廣韻各二部同用此則合添嚴於鹽合銜凡於咸廣韻去聲隊

代同用廢獨用顧本隊下代廢同用後人所改問與焮皆獨用此則合廢於隊代合焮於問入聲物迄二部廣韻皆獨用此則同用葉與帖洽與狎業與乏廣韻各二部同用此則合帖業於葉合狎乏於洽盇以禮部韻略之例改廣韻也然韻略於平聲合欣於文上聲合隱於吻合儼於御名下一字合范於豏檻去聲合釅於豔㮇合梵於陷鑑則此又不同不可詳已所收字多於廣韻而注釋尚簡故卷袠不鲦凡漢魏六朝人於六經莊子音讀之異載於經典釋文者及丁公著張鎰孟子之音無不備采故有一字而一部之中再三見者其例

所云經典字有數讀先儒傳授各欲名家今並論著
以辨羣說是也此亦用廣韻之例然廣韻於其字下
必云又某某切讀者檢一字即知此字凡幾見此書
不然故頗費尋檢又其例曰凡古文見經史諸書可
辨識者取之不然則否其意甚慎重然唐開成石經
其字體未經釐定偏旁如宀穴木手之類當時俗書
溷而不分石經亦爾此書有為石經所誤者姑舉一
二論之左傳楚師輕窕爾雅窕肆也窕閒也字皆从
穴石經於左傳及爾雅窕肆字誤从宀玫諸說文玉
篇廣韻五經文字羣經音辨皆無此字而此書於筱

部分窕窕爲二窕徒了切引說文㴱肆極也一日閑也窕土了切引爾雅肆也夫說文之訓旣合於爾雅則安得別有从宀之窕爲諸書所漏脱者乎又爾雅釋草傳橫目石經橫字从手筆誤爾此書於唐部列横橫爲二引釋草爲徵云或从木是不知从手者爲繆體矣凡一字有數體者則並載之其例云舊韻字有別體悉入于注使奇文異畫湮晦難尋今先標本字餘皆並出是也然僃於六書之義其所取之奇文異畫不出許叔重所謂鄉壁虛造不可知之書故或有形而無聲或有聲而無形或所从之字非其聲皆

不能識也豈能免於蕪雜之譏乎唯所引説文博雅
有足正今本之誤者故未可廢其書則不足貴也蘇
州有汲古閣影宋鈔本予曾一見之

書類篇後 癸亥

類篇卷第同於説文每卷離而三之爲數四十二後
目錄一卷亦離而三之總計四十五卷部分亦遵説
文而艸食木水四部又各分上下故得五百四十四
其例有九見於序尚有條理凡部首之字下錄説文
元文部内字以韻爲次字有平上二音者見於平則
不見於上東冬二部皆有其音與一部之中兩紐皆

有者見於前則不見於後字有别體並出之如集韻之例注云文若干有數音者必曰重音若干部末亦然此書如說文玉篇以形爲統系而乃注意於重音何歟其書繼集韻而作奉集韻爲規矩末有出入援引經典無不相合者注釋少緐故卷褏視集韻較多漢儒六書故訓之學至宋而盡晦今人讀此二書聊以備參證耳非以其有餘於小學也然其病特在承譌而不能是正固非若後人之武斷是非以蠱學者古今人之不相及於此亦見一端已

書五代史記纂誤補後　癸亥

宋吴廷珍五代史纂誤從永樂大典錄出長塘鮑氏
刻入知不足齋叢書右纂誤補四卷同縣老友吴胥
石先生所撰書成於乾隆四十三年後刻於京師錢
曉徵少詹見而極賞之鮑氏亦刻於叢書此其晚年
重定本也嘉興馮氏所刻與鮑本不同先生此書承
邵二雲學士所屬而作此重定本屬草未成先生歸
自京師嬾不肎寫定予從臾之力始稍校錄之財盡
一卷即染疾幾殆予往候之握予手曰子幾殺我矣
又曰吾家人皆以爲吾爲子校書而勞憊也相與一
关既而疾瘉乃校寫成書先生攷史之學自錢少詹

外殆少其匹自言不通歷算故司天攷不能詳校也
書中稱引它人其姓名綴當條末者皆已説而分屬
於友朋帝紀中有一條託諸元照其篤於氣誼若是
先生所校元豐九域志最平生用意之作畀人刻之
不存己姓名其不屑屑於名可知此書不託名它人
偶然爾殊非先生意

書手錄太常因革禮後庚午

老蘇先生所修太常因革禮始總例廿八卷次嘉禮
九卷次軍禮三卷次凶禮三卷次廢禮一卷次新禮
廿一卷次廟議十二卷總計百卷卷首列歐陽文忠

銜名書前進表列銜名者文忠居先次則李東之呂
公著宋敏求周孟陽呂夏卿李育陳繹姚闢蘇洵表
文不見於歐蘇集不知出誰手後有李文懿跋案宋
之禮書在嘉祐前者有開寶通禮禮閣新編太常新
禮是三者皆此書所採用而又佐以禮院之儀注例
冊又參以實錄會要若封禪記汾陰記鹵簿記廣樂
記慶歷祀儀諸書則隨類而采之嘉祐以前之典章
粲然備矣當時有瓶釐正之議者老蘇不以爲是有
書諍之老蘇平日工文章喜議論而於此書專務編
輯排纂不肯妄下一語非良史才得著作大體者不

能如此厥後政和五禮新儀行而宋初之書皆徵文
獻通考玉海皆詳於政和以後而略於宋初宋史亦
然通禮諸書得少存厓略者胥賴此書惜乾隆中
四庫全書未及收錄予內兄許兵部宗彥曾從杭州
故家借鈔副本歲戊辰予備書於杭始護見之卷袠
緐重不能即錄次年乃往借鈔其間自五十一卷至
六十七卷皆闕共十有七卷崐山徐尚書讀禮通考
所引之凶禮適在闕卷中爲補寫入其餘悉不可考
矣予屏居德清友朋遊從之暇所藉以遣餘年消永
日者唯寫書一事溽暑祁寒未嘗少輟若有督之者

許本亦多譌字其中輿服數卷尤甚予以通考玉海
宋史參校始可膳寫行密字緐寫時以多爲樂傷於
中指無名指之骨節幾不能卒功然而矻矻者廿有
五旬指病未瘉居然告竣乃爲之書其後凡文懿之
跋所已詳者不復言也

書元和郡縣志後癸亥

第六卷河南府河南縣中橋咸通三年造唐懿宗紀
元咸通或疑此條後人附益予讀唐書顔杲卿傳禄
山縛杲卿於中橋南頭從西第二柱節解之胡身之
通鑑注曰中橋天津中橋也則中橋非建於懿宗時

矣吴胥石先生教予曰嘗考唐會要中橋咸亨三年韋宏機造舊唐書韋機避諱宏字去傳有移中橋事正在高宗時李吉甫避肅宗諱故以亨爲通通典諸侯卿大夫謚議袁思古議許敬宗謚亦在咸通三年此其例也書中稱咸亨者皆後人妄改中橋一科改之未盡者耳今陽湖孫氏刻本徑改爲咸亨失之矣又曰此書四十卷見謂無闕者三十四卷然首卷京兆府下既不見昭應縣沿革覈之當在新豐故條之上書中如此類者恐不少也

書宣和奉使高麗圖經後 乙丑

是書當靖康之時已亡其圖故爲卷四十而篇幅甚約勝國時海鹽鄭氏有刻本譌闕宏多今鮑氏叢書本悉已補正然尚有未盡者予借得毛斧季校本補十七卷興國寺五字二十七卷西郊亭二十字末卷儒學二百五十三字又改譌字若干始完善可讀斧季所校底本字極陋劣譌闕與鄭本相等斧季於康熙甲申從宋中丞借宋版校正裁割補綴用力甚勤紙之黏接處皆以朱文長印鈐縫甚精好其文曰虞山毛扆手校卷後斧季有題字此本今在錢塘何氏夢華館

書吳郡志宋刻殘本後 丁卯

吳郡志五十卷此宋刻殘本所存五之二宋既庭藏書也今為吾友何夢華所得憶去年與夢華同買此書予大受書估之侮今復觀之不覺一笑

又書吳郡志後

乙丑夏考市夢華來湖時予亦入城兩人同赴書坊檢書得此六冊估人居為奇貨卬其價不肯減予語估人吾湖人未必有愛殘編若吾兩人者失此售主將安歸估人大怒言我不售此書遂不啜飯邪終不賣與若兩人然而以之求它人卒無應者書終歸夢

華夢華今又贈予展轉不出予兩人手書淫書癖誠
未易多得耶俗估何知橫加白眼真大錯也

又書吴郡志後

一昨客杭過訪何氏夢華館主人出此書屬為之題
語以予有欲得之色乃輟以相贈篷窗清暇卧讀一
過怪其倫次失當反復諦審乃知其中有七卷實在
二十卷之後而剜補其計卷之數以羼入者剜補之
處覆以印章以揜其迹又細觀第二卷前十一番末
行剜去七字間以空紙一番其自顧歡起者乃二十
囗卷之文今剜去十囗二字充第二卷之後半零星

散亂不易整理舊書殘闕初無損於先價一經書估

手必務僞爲完好冀以欺人真書之大刼也宋刻之

全者蘇州尚有之不可得見汲古閣刻本異日當求

得校之以還其舊今以鈔補之卷列後以便稽覽

卷一　卷二　卷四　卷九　卷十　卷十二　卷

二十

又書吴郡志後　庚午

此書用故紙𠭊印紙背閒有字札或箋啟或詩草皆

古香可愛夢華未購此書先得宋人手蹟一册屢四

五畨審視紙背乃吴郡志也蓋俗人從此書取出别

裒成册者夢華亦以贈予矣予觀此書尚有數番有字者其一云右謹具奉申呈五月日奉議郎新除宗正寺主薄董　劉又其一云右謹具申呈七月日朝奉大夫幹辦行左諸軍審計司陳　其署名作小草書所謂押字也不可辨識陳劉尚存大半可讀又具一係詩草一首尚存可讀者九句云日月如隙駒我家錫山下梅竹應已蕪蹣跚來帝傍孤忠愧訏謨北門一盃酒淒其念江湖扁舟會且歸君當煮蓴鱸甲午季春書於道山當字大徑寸點畫絕工詩蓋送別之作其人則無錫人也案甲午在北宋者淳化五年

至和元年政和四年在南宋則湻熙元年端平元年此詩甲午疑湻熙元年近之道山堂在秘書省宋人詩文屢見之名流翰墨皮頼作故紙用之印書而得留至今日予疑是尤文簡之遺墨也猶冀續攷得之

書邵氏聞見錄舊鈔本後 乙卯

聞見錄廿卷邵伯温撰而其子博排比之者也末三卷專記康節言行中一條言伊川老人與李夫人山行於雲霧中見黑猿有感遂孕而生康節嗟乎伯温何其妄也不經之言儒者所弗道此事在它人言之猶且不可而為之子者顧可肆言之而無忌且筆之

書乎彼豈不以天命元鳥履帝武敏載於雅頌姑從
而效之而不知猿之不足爲重適以羞先生不見乎
唐人之白猿傳乎一言以爲不知其是之謂矣然伯
溫少侍康節得盡閱當時賢俊所記故實頗資攷鑑
未可盡廢也虞山毛氏津逮祕書曾刻此書所据非
善本中脱四番遂并兩條首尾爲一而自譔數語以
聯綴之其妄如此又顔之曰前錄亦繆甚邵博聞見
後錄欲别於父書故曰後此書何容豫下前字乎毛
氏刻漢書顔曰前漢書其謬正同此舊鈔本予從錢
景開購之有天歷元年清溪楊英藴璞氏一跋云其

友羅道生所錄羅不知何如人楊跋云道生嫁要畢爲五嶽之遊當亦奇士而字跡甚劣且多錯譌景開以葉石君藏本校正之卷首闕十餘番亦据葉本鈔補天歷至今五百七十年矣紙黑無恙羅楊兩人竟籍此以傳亦幸已

書容齋隨筆校本後 癸亥

洪文敏公邁以卓絕之才得賢父兄之助讀書多歷官久其所著容齋隨筆五集爲卷七十有四總千一百七十餘則古今人物之賢否禮樂兵刑政治事勢之得失以及諸子百家遺文軼事莫不於書中見之

而於汴京臨安典章制度言之尤悉凡所論説皆明
允明通無苛細穿鑿之弊名儒之學與淺見謏聞之
徒知其一而不知其二者固不侔也此近時翻彫明
末刻本予從同縣章文魚借宏治八年活字銅版印
本校之補録嘉定中邱𢘿洪伋二序紹定中周謹跋
宏治中華燧序校既竣題而藏之

書容齋隨筆活字本後癸亥

近刻容齋隨筆字畫粗劣可厭此翻宋紹定間所刻
提行避諱一仍宋舊每番中縫上方有宏治歲在旃
蒙單閼八字下有會通館活字銅版印八字書後有

邱槦洪伋序周謹跋後有華燧序皆近本所無紙墨
甚精顧亦多譌奪隨筆第十一卷合九十兩則為一
奪字二百七十九續筆第三卷又合九十兩則為一
奪字百七十九第九卷末一條奪三百有六字誤竄
於十一卷之首條凡書中所有夾注皆不具益銅版
無絕小之字又凡文敏自書名處皆失去邁字不可
解也予十年前於蘇州得宋版夷堅志甲乙丙丁四
集共八十卷乙丙丁志有文敏自序為世所未見今
又得覩此本予於文敏書何多緣也此荻岡章文魚
藏本章君幼子苞予之次女壻也仲冬之朔日媒妁

傳言此書與之偕來今校畢將還之乃識其後而以
香修小印鈐於簡端云

書手錄夷堅志後甲子

洪文敏公夷堅志以十干為次為卷二百支志三志
亦以十干為次為卷二百四志止於乙為卷二十綜
四百有廿卷古來小說家言未有若是之多者也其
書久已殘闕存者多偽後人竄亂非其原書四庫
全書所收支志自甲至戊五十卷不可得見徐氏傳
是樓宋元版書目載有八十卷乾隆壬子見於蘇州
山塘錢氏萃古齋畀以錢萬四千得之自甲至丁八

十卷册端有玉蘭堂辛夷館諸印知出自長洲文氏
又有季振宜印記季氏藏書後悉歸於徐則此雖無
健菴印記知即徐目所載者無可疑也此係宋時閩
本元人以浙本修補見卷首元人一齋沈天佑序序
末紀年一行則已剜去蓋書估之為也書内尚有闕
葉其所補有以宋版補者有元人所栞補者宋版所
補皆其元文元補者多襍取支志三志之文羼入之
如甲志所載無紹興以後事而補者乃及於慶元此
其徵也陸務觀有詩推重此書而陳伯玉則極譏之
要之論以伯玉為正其間有可以餉風雅資攷鏡者

當別擇之此書每集文敏自為序序各一意趙與旹
嘗撮其大恉載於賓退錄今甲志序已失餘三序存
野處文集久佚是三序可寶也近世所禁行者非此
本世人莫得覩此故手錄一本以為之副行款闕葉
一遵元文自去年初秋始至今年上巳後乃畢功此
八九月中以痫疾輟者月餘以憂思輟者又月餘計
無事以攖吾懷而從事硯削間曾無幾日追維往事
撫卷興歎而況乎宵寒鐙青有依予於嗚呼鬼歔之
中之一人乎後之君子見此書者其將謂予何
又乙丑

嘉慶十年之夏霪雨彌旬豆麥盡壞蠶事不及十分之一支吾良苦又興族孽搆訟不無虛耗錢物至六月中已囊無一文錢矣錢塘何夢華過予取此書元本以示巡撫阮公遂以銀錢五十枚易去中郎往矣虎賁猶存撫兹手書不得不倍加珍惜夢華亦將影鈔一本予又託夢華借鈔文瀾閣所藏支志夢華雖諾之然未可必也

書新刻袖珍本夷堅志後　庚午

此本非元書蓋後人得殘帙亂竄割裂別分卷目妄以十千為之編次今不復可攷正矣書則真文敏書

也或疑爲僞造者不然予之宋版聞已歸蘇州黄氏
黄氏所藏别有宋本殘版數册予以道遠未遑借鈔
也

梁溪孫氏

小篆天篇

悔菴書後卷下

歸安嚴元照

書學林後 丁巳

學林新編十卷宋王觀國彥賓著辯別文字音訓徵引頗博贍宋人說部之佳者唯其用意區別過於拘泥若留流二字古以音同通用故流落亦云留落彥賓乃以飄流零落爲流落留滯遺落爲留落彊爲分疏不知鳥名流離亦曰留離草名流奇又作留奇更將何以解之宋人不省小學所論說往往自出新意固不止一彥賓然也六經遺秦火簡策錯亂摩滅兩

漢經師授受同異滋多生於千載之後而出己意懸
斷是正知復何當此書第七卷有衍文一條專据當
日經文而於它書所援引或多一字二字者悉指為
衍文專己守殘陋實甚矣又言史記引用經典多改
其正文不知史公以詁訓代經文非所謂改也且又
何以知今之經文即史公之所見者乎此聚珍版本
仁和孫頤谷監察以予近譔娛親雅言以所評本見
寄良多裨益以所見著於簡端中有夾簽乃予亡友
海寧錢廣伯之筆廣伯小學至精所以糺彥賓之繆
非予所能及去冬以瘷疾下世覩其遺墨良用黯然

書甕牖閒評後 辛酉

質甫敘述耆舊軼事可資瀏覽所自為論說亦婉約可喜唯其攷覈經典未能允當紹興中太學試仁天之尊爵賦取上第一人第二人皆以琴張為子張此用趙邠卿孟子章句之說也質甫不知顧訾其鹵莽誤矣一士人謝及第啟有頓挫場屋語質甫援後漢書孔融傳音情頓挫為徵謂頓挫猶言抑揚予謂困頓挫折亦可云頓挫古頓又與鈍通不必拘一端也其講小學尤多可議自許叔重之書不行學者競用私智穿鑿凡文字於六書屬形聲者本無義可尋而

梁溪孫氏

妄求其義則無往而非繆不知六書自有會意指事
二類也宋人論字大率因此致譌而質甫特較甚耳
今略摭數科正之云忍字藏刃於心是能忍也夫忍
與訒仞皆从刃聲訒豈藏刃於言仞豈藏刃於人乎
云亶字有當以未者有當以𡿺者不知㐭部未嘗有
从𡿺之文也云洟洟二字从弟从夷弟者弟也夸者
姨也有同體之義夫洟从弟聲洟以夷聲同體之云
何迂也云鴝鴿交則从足相向故其字从句然則鴝
當讀如鈎不當讀如具矣且如此名之曰鴝可矣曰
鴝鴿何也且鴝又何以从瞿爲鸜乎斯皆無理之甚

者其論需字尢可笑需从而聲亦形聲字也而曰當從天從雲省援象傳雲上於天爲證師心自用不憚改易經文不明古學之弊有如此者

書履齋示兒編後 戊午

乾隆乙卯秋予來杭屢謁抱經先生一日者先生手一編示予曰此宋孫季昭示兒編也近孫頤谷監察校此書屬吾重校者吾子試讀之予時草草讀數條不能出一語以相質既而先生以書還孫君遂未由再覯先生是年主紫陽書院講席鹽院無禮於先生先生遂辭講席將於是冬往江甯年七十有九矣已

有疾予微諫之先生太息曰子不知我貧乎吾豈得
已予心憂之然實無力能尼其行十一月先生竟行
予家奴自無錫歸遇於滸墅關先生傳呼問訊且訂
歸舟過予家俟之不至十二月梁山舟侍講書來道
先生病踣於龍城書院予時以家人病不克往常州
先生竟以初六日歿於書院先生之亡海内學士大
夫所同聲歎惋者而不肖受先生知愛至深其痛亦
較它人倍深也先生既歿之明年予向孫君借觀此
書孫君所校應友人之請非其自蓄不能即得今兹
復來杭孫君轉借見示旅館展讀紙簽盈册皆先生

手迹復有亡友海鹽錢廣伯校語廣伯之歿距先生不及一年廣伯始患瘷醫者以甘寒之品藥之瘷轉劇向予借困學紀聞猶力疾作數字手已戰矣予寓書勸其靜攝屏藥物書未達廣伯已下世今先生與廣伯墓皆有宿草矣摩娑是編為惙惙者久之李昭之論説喜出新意其論伊尹放大甲放為教字之譌為後人所賞然實非也予嘗辨之又論竊比於我老彭彭音旁旁側也欲自比於老子之側過於求新失之穿鑿書中若此類可笑者尚不少也

書示兒編新刻本後庚午

始予年廿六從仁和孫監察頤谷借讀是書後遂不
復見嘉慶庚午長塘鮑氏刻入知不足齋叢書第廿
五集八月中徐新田省試購歸急往假讀展卷惝怳
蓋予之不得見此也十三年於茲矣當盧學士校勘
此書一時同志若孫監察海寧錢廣伯蕭山徐北溟
皆相繼從事於此所據之本明人潘方凱所刻其後
元和顧千里復以舊鈔本重校乃在庚申之歲予不
及知今見刻本備列諸家校語予亦有校語附廁其
間忽忽不復省記蓋戊午之秋承監察所屬而爲之
者也計自乙卯初見此書迄今已十六年此十六年

中學士監察廣伯北溟先後賓謝獨予與千里在耳
予與鮑翁亦曾締交已而不相中故鮑翁跋獨不及
予知宿憾至今未平也然予於此見鮑翁猶古道非
浮薄者比以予向日鄙淺之見大可芟除者尚復存
諸卷中不沒其名可以風夫人之以愛憎而顯晦人
者因之轉媿一知半解無足裨益古人又念點校諸
君若錢若徐年皆未老悉已物故不及覩是刻之成
而予游更憂患不自意此身之存至於今猶得重讀
其書一過也

書手錄雲煙過眼錄後 癸亥

中夏下旬自武林歸路經塘棲里訪宋茗香助教觀
所藏書借得數種中有丁龍泓先生手鈔雲煙過眼
錄一冊愛其記述清妙新秋始涼以楷書謄之錄中
湯仲謀葉森文璧三人皆有附注之語丁鈔或別行
低一格或徑雜於各條中皆非也其提行分段亦多
焯知其繆者予悉正之然譌字脫文尚不勝擿挨訪
它本校之寫既畢以寶顏堂祕笈本校之補入鎮江
張萬戶一段其它譌舛相等此本卷分上下祕笈本
爲四卷皆非其舊据錢遵王所藏元人夏頤鈔本則
祇一卷耳草窗引林石橋語謂當時名琴樊澤卜氏

之奔雷居其一樊澤距予家不五里有琴堂菴相傳
爲藏琴之所也又載賈秋壑祭器銘乃景定三年錫
家廟於行都而造者案似道家廟在西湖葛嶺之西
有摩厓大八分書云景定三年正月八日賈似道蒙
上恩賜家廟第宅於行都辭勿獲因集芳園鄰舊居
就賜給緡錢使營葺焉用謹欽承子子孫孫其毋忘
忠報共五十四字故臨海知縣華君瑞潢寓於北山
近年始搜得之志乘諸書未有載之者并載於此

書雲煙過眼別錄後癸亥

宋氏所藏丁徵君手錄雲煙過眼錄後有別錄二卷

前錄以所藏之人爲目而此則記某年月日觀於某所多參錯不同自壬辰至乙未計四年乃至元卅三年至元貞元年也其年次亦雜亂無序徵君謂是草囱初稾殆可信也

書閑闢錄後 癸亥

朱子語類載象山死先生往哭之既罷良久曰可惜死了告子楊慎丹鉛錄據此以譏朱子胡應麟筆叢曰此朱子門人胡泳所記然不謂耳聞而云此說得之文卿蓋亦有疑也凡語類中門人雜記皆笺所自聞而此云爾則其說之譌可知竊意朱門好事者爲

之朱子必萬萬不然予謂筆叢斯言朱子之功臣也
朱子與文安所爭在學術文安之亡正朱子所悼惜
者哭人之喪而謿罵之豈大儒之所為乎新安程氏
瞳閑闢錄錄其語以為仁之至義之盡可謂無識又
曰以答趙道然書觀之知非記者之誤案答趙書云
荊門之訃聞之慘怛故舊彫落自為可傷不計平日
議論之同異也讀此書正足以明此語之非真而乃
傎倒是非橫施武斷殆即可以覘其為人矣

書責備餘談後甲寅

韓子云小人好議論而不樂成人之美吾觀責備餘

談而知著此書者真其人矣此書明崑山方鵬著專取前賢之行事毛舉過失條分而件繫之唯恐不盡大多淵原於宋胡寅之說而以己意附益之吾不知其以此為推繩古人耶古人往矣不能起九京而一一改之以此為訓式後人耶則古人之嘉言懿行可則可效者多矣鵬何不旁求故實推闡發明勒成一書為世道人心之助而顧出於此乎孔子曰樂道人之善程子曰不當於無過中求有過鵬此書豈聖賢之所許乎責賢者備談何容易苟其盡當於理吾猶歉焉而況其所論如謂顔魯公不得其死之類實害

義傷敎之甚者斥而大之不爲過也

書潛邱劄記後 癸亥

山陽閻氏潛邱劄記六卷前四卷雜采典籍及所作雜文第五卷皆簡札第六卷則所作詩賦也近時崇尚實學此書稍行前此二十年村塾挾兔園册子者未之知也其攷證經史頗多辟益然於己所知者雖甚微必鋪張而揚推之且有矜色於人所不知者雖甚微必指擿而痛詆之務求勝乎口齒間而不覺失儒者謹厚之風矣論者以日知錄比之予謂亭林所見者大議論有條貫閻氏非其倫也書中於同時人

排擊尤力者長洲汪苕文苕文雅負時譽而所得於
經者淺顧好議禮多臆說排之非過然才不逮苕文
遠甚故雖足以折苕文而終不能反俗人之好尚也
予讀此書閒有彈駁而於所論地理水利予則未能
津逮往年錢塘張仲雅嘗為予言其表兄梁山舟侍
講入都阻風泊舟與嘉定錢辛楣少詹舟相並推篷
快談者七日侍講攜此書行篋中少詹借讀隨筆為
評注十數科還之予後叩之侍講則曰所評注皆地
理水利二者其本已畀曜北叩曜北則對以在仲雅
所予終不得見也殊可惜末附左汾近稿一卷乃闇

詠之詩不足存

書盧抱經先生札記後戊午

抱經先生喜校書自經傳子史下逮說部詩文集凡經披覽無不丹黃者即無別本可勘同異必爲之釐正字畫然後快嗜之至老逾篤自笑如猩猩之見酒也竆日力於此不暇自著書文集而外僅此兩札記耳鐘山四卷生前自付梓龍城三卷則身後所槧也書院之在江甯者曰鐘山在常州者曰龍城先生歸田後主講兩書院最久故以名其書總計若干目元照讀此書不下數十過矣愚管所及輒題字上下方

乾隆六十年先生殁於龍城不能起九京而質之焉
虖以元照為求勝於先哲者非知我者也不知我之
痛心於此書者亦非知我者也

又壬戌

先生所校書自付梓者逸周書白虎通等是也它人
出貲者則不自署名若荀子則嘉善謝呂覽則鎮洋
畢韓詩外傳則武進趙唯以書之流播為樂不務以
劉向楊雄自詡也已之文集則無暇力以及垂歿之
年始以付梓未及五之一即下世錢塘梁山舟侍講
出白金五十兩布告同人佽之年餘梨成五十卷予

家離杭百里而遥不獲與校讎其編次芟汰有不可
解者姑以序論之凡所校栞書之序皆存而獨芟獨
斷序論語義疏翰苑羣書等序亦宜存者而皆芟之
解舂集先生外王父馮山公之文也先生編刻而為
之序其序豈可芟乎更可異者此書自序亦不存於
集予嘗問之編校者則曰彙中無之疑已芟去不知
此類文因已附各書以行故不更寫底本耳而豈芟
也哉又以記袁孝子割肝事列於記而不知記事之
文乃傳之別體也先生為祖父行述及其配三人者
欲別編家乘一卷嘗為元照言之今則一篇不存予

向先生二子借手藁將為更定一本以報先生二子固不肯未幾即散落書估手不得可聚已矣復何言使先生遲一二年歿得手定之豈至於此并書札記後以諗世之讀抱經堂文集者

書宋版史載之方後 辛酉

史載之以紫苑治蔡京祕固之疾事見施德操北窻炙輠錄此書見宋史藝文志而世罕其傳乾隆癸丑予將往南昌有書估來言於江南人家見宋槧本可購也乃畀以五金使購之比予歸則已插架矣上下兩卷分為四册字畫精嚴紙色深黄鬱鬱然與染色

作偽者自别宋刻書籍予經見者多南宋刻本若北宋本僅見此耳卷首有圖記二一朱文朝易鳴鳳四字一白文吳妝二字妝古文魯殆明以前人也上卷末有一跋其文不全今錄之云載之治病用藥初不求異炮炙製度自依本法以銖計者蓋其審證精切不過三四服立愈踰是而不効乃察病按方之不當便當改轍不可泥也此皆親試而得之非敢夸大其說六銖為分四分為兩共七十七字疑其自跋也四分為兩語必有誤柯氏宋史新編有史戰之方二卷戰字誤

書宋版王荊文公詩注殘卷後 庚午

李文懿公壁注王荊公詩五十卷宋史藝文志失載本傳載其所著書甚備亦獨闕此書近世華山馬氏藏有元刻海鹽張宗松得之為重開行世失去魏文靖序并弟卅卷弟五十卷兩末葉乾隆乙卯予從友人借得宋刻本兩冊卅四至卅七卅八至五十共七卷每葉十四行行十五字卷端有晉府書畫之印卷後有敬德堂圖書印又子子孫孫永宝即寶字用印蓋明晉藩藏書也五十卷之末葉在焉并有嘉定甲申中和節胡衍跋知是撫州刻本每一卷後有庚寅補

注數葉卷內修版版心亦有庚寅換三字案嘉定之
十七年為甲申寧宗之末年也庚寅則理宗紹定
之三年宋史謂文懿卒於嘉定十五年則初刻之時
文懿已歿二年矣庚寅補注之刻及修版不知誰實
所為俟求得魏序更為攷之彼時此兩冊留予所久
之未及傳校既而還其書越數年偶於書坊又得廿
七廿八卅五卅六卌五卌六卌七共七卷字畫行款
一同晉府本閱取馬刻較之始知馬本之譌奪殆不
勝紀念晉府本不可復覯思之輒邑邑繼而謀諸錢
唐何夢華訪求得之以宋槧史載之方貽何君易之

歸中間三十五六兩册何君復索之去計予前後所
得合之僅十一卷半於全書五之一耳又續得七卷
中卅五六七三卷皆舊人寫本字畫劣甚不可以目
然所据是宋刻不失本真當與刻本同寶之予以此
十一卷補訂馬本馬所闕者不特庚寅之補注與胡
衍之跋也書中注語大篇長段悉被删落五十卷哭
張唐公詩馬本失之卅五卷八公山詩注引宋子京
抵仙賦卅七卷黃花詩注引劉貢父芍藥譜序卅八
卷題玉光亭詩注引鄭畋記尼真如事皆錄其全篇
纍纍千百言者馬本各存一二語耳其它注語繇重

删去一二百字者往往有之計此十一卷以之補馬
闕者無慮萬餘字宋元刻之相懸乃如此聞浦江戴
氏蘇州顧氏各有宋刻殘卷惜莫能致之然就予所
得敝帚之享亦自云足憶昔弱冠之年頗有佞宋之
癖偶有所遇百方購獲始快於心既遭家離散失汰
半避地以來資用時絀性又拙於營求時時斥賣圖
書以供山居薪米向日所藏儀禮要義夷堅志等書
已皆非已所有矣此書既殘闕人無欲之者故得相
隨至今它若東萊書說吳郡志皆宋版精好者雖非
全書私心愛之甚意將以付遷邁兩兒顧兩兒之嗜

好予不能知亦留以為山居解痾醒愁之具也可矣

書宋高宗賜岳鄂王手勅墨蹟後 已未

右紹興六年五月賜岳鄂王手勅一通王是年居母喪屢乞終制降詔不許此其一也岳珂未見是勅故金佗粹編續編皆不見王之後裔某得諸故書鋪中藏之秘近始出以示人今年仲冬元照客西湖與前臨海知縣華君瑞潢同謁王之祠墓而得見焉紙本横卷四圍闌以龍文字有闕蝕後有一璽文曰書詔之寶草書遒逸墨瀋如新筆法與唐文皇屏風帖相類攜歸華君之寓展讀再四相顧歎息勅中有人臣

幹蠱之語序卦傳曰蠱者事也朱子本義始以蠱壞
為說南宋之初尚無此訓也并識於此是日又見岳
珂所造家廟銅爵一乃桐鄉金氏所藏歸於王廟者
今杭嘉湖兵備道無錫秦公瀛為之記

此文已刻於馮給事培岳廟志略今改削錄之

書湖州石塚村青蓮院記後乙丑

予家家於歸安之石塚村四百餘年矣與青蓮院為
鄰而谿流回旋限以三橋望之則近在肘掖閒也寺
始建於唐大順二年至乾寧中賜名報恩禪院宋治
平二年賜名青蓮院紹興二十六年慈濟大師齊岳

重修請鄉人行簡劉公為文記之今其碑莫知所在予讀茗溪集得此文亟錄以補紀載之闕行簡自述其年七十有九耄而能文洵可尚也予欲補書刻石而二三俗僧既不足言里中亦無可與言之人姑識其後以諗後之從事志乘者

書顧端文公鄉試墨卷手蹟後

乾隆乙卯予於無錫冉稽文恭公之裔見顧端文公之族孫甘涼道晴沙先生予就叩瑞文軼事先生為予言端文疾作高忠憲公日侍疾瑞文臨終執忠憲手字謂忠憲曰存之人而不仁疾之已甚亂也忠憲

之狀端文也未載斯語世之論東林者或且歸咎於
端文良可歎也端文生廿三年中萬歷四年鄉試解
元國朝康熙中其曾孫梁汾先生於禮部得其墨
卷裝守成册世守之勿失題跋積百餘通第三場已
佚二場亦佚其半卷首履歷三代書法極工端文字
畫草率草藁不假竄改卷無横格長短可任意卷不
足即雙行書之又不足復書數十字於雙行之閒以
筆勒之題有譌字徑行塗抹當日功令之弛廢如此
予從其家借觀請為題識乃以瑞文遺言書之以告
世之議端文者

梁溪孫氏

書手鈔儀禮要義後

去歲孟冬予游武林得宋魏　公儀禮要義宋刊本於汪氏首尾完具末僅缺一葉真至寶也首夏之月從事鈔录中間疾病浪游廢輟多時暮冬恆㥌殊便操觚并力鈔完遂識其由于卷尾壬子嘉平二十七日芳茮堂主人嚴元照

吴興嚴久能所鈔儀礼要儀嘉慶丙寅頥千里攜來江寗亟命匠手照録一本時余方琹儀禮注疏以補宋景德單疏喪服傳内缺卷真快事也七月朔日依元本挍畢謹識此張古漁跋

征緬録跋

嘉慶八年癸亥中元前三日歸安芳椒堂主人嚴元照修能氏手

錄

招捕揔錄跋

嘉慶八年七月十三日汞起十六日午後訖功共四十一葉修能

嚴元照識于芳椒堂　行款悉遵旧鈔本修能又識

小渌天寫

跋鬼谷子手校本

余前年於廟市萃古齋得藍格舊抄鬼谷子一冊，後有一行云原係蘇州文氏所藏祝枝山小草書，從俞質甫借抄云云。今春寄與盧抱經學士屬校一過，與新刻本大異，因特新刻注中脫十餘字耳。在杭中旬予過知不足齋，見有舊抄一冊，細字甚老草，因借歸，用三本對校。予家本即刻本之祖，鮑氏本出自錢氏述古堂，無論新刻文注混淆，脫落抵捂，即上卷內揵篇內白文注語共脫四百餘字，其他可知矣。吁，校刻古書不得善本，何可輕率付梓，又以見書籍善本不以鈔手精否論也。甲寅仲秋初六日芳椒

梁溪孫氏

主人嚴元照校羅平識

小渌天寫

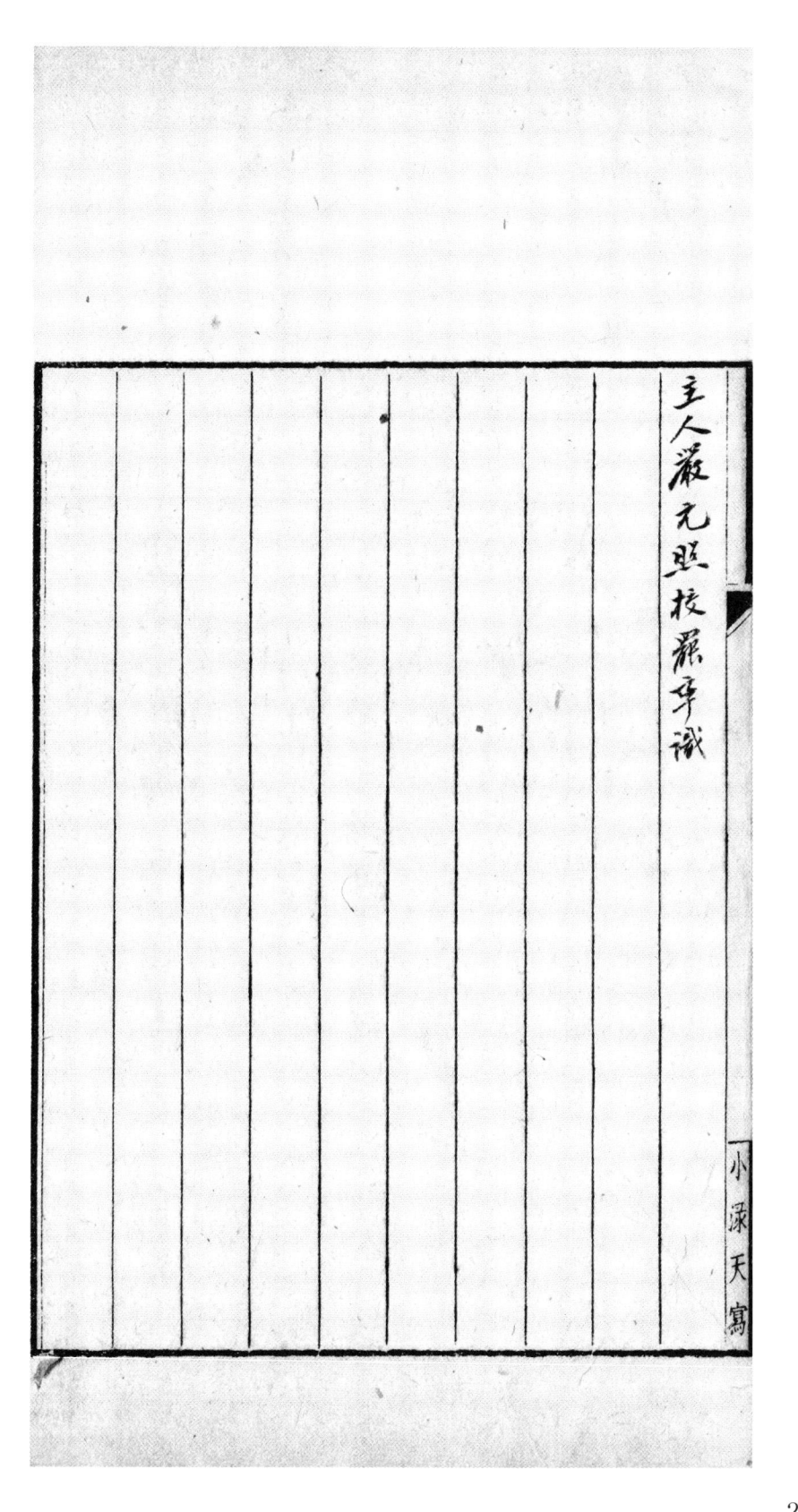

附

復楊傳九書癸丑

孟秋廿日奉所惠書正當侘傺之時發函伸紙爲爽眼明比思高堂健飯鄉下承歡不匱之孝令人生感如弟有六十老親須髮蕭衰齒牙零落頹然如大耋之年而不能侍奉起居無故絜其妻若子二千里水陸長征遺吾父以思子之勞每讀昌黎歐陽詹哀詞舍朝夕之養而來京師云云未嘗不爲之憮然歎息嗟乎如弟者何所爲而來此此間風物甆器外一無所有亦唯有新出之甆絕無古器也弟心境殊惡寢

食不安張佩蔥先生集未曾寫得一紙經義考亦無
心細閱唯將宋本隋書檢點一過所補者與吾兄大
同小異隋書錢景開所託售者故攜之行篋中也錢
所藏趙孟奎分門纂類唐歌詩宋版殘本弟已以白
金八十兩買得之案孟奎字文耀號春谷昌陵十一
世希懌之孫與篡之子寶祐四年文天祥榜進士書
凡百卷分八門天地山川卅二卷朝會宮闕八卷經
史詩集三卷城郭園廬廿卷仙釋寺觀十二卷服食
器用十一卷兵帥邉塞二卷草木蟲魚十二卷凡千
三百五十三家四萬七百九十一首今所存首尾兩

門中十二卷耳其咸淳元年自序並目錄是毛斧季
從絳雲樓藏本補錄者後有斧季手跋及王善良唐
宇昭手札二通皆可觀弟前閱鄭莲畦湖錄埶文志
載此書而卷數門目及孟奎之爵里字號皆不詳湖
州府志因之得此可以補其闕矣來書言毗陵有謝
承後漢書姑蘇有韻海鑑源不知此說何自得之謝
書據吳淑進事類賦表明言其亾是北宋初已無其
書故宋史埶文志亦不載閻百詩述傳青主言其家
有永樂中楊州刻本遭亂失去明季有人在史館見
方從哲以內府藏本攜歸德清後訪之方氏後人不

可得此二說均不足信前　詔徵遺書范氏天一閣
書單列其目而實無其書故書終不出姚之駰後漢
書補逸采集謝書僅一千餘字耳今云四十餘卷不
敢信也韻海鑑源元三百六十卷崇文總目宋藝文
志皆作十六卷殆是後來删本據困學紀聞則十六
卷本亦已失傳今云七大册豈十六卷尚未亾歟吾
兄之說書得勿東坡所云說龍肉耶徐宏祖之於地
理出自目驗宜非案圖指索者比承教論河源主遊
記以正東樵之誤甚善但弟於斯道夙未究心它日
歸當面請益也涼風至矣歸思彌切良覿匪遙先此

奉復吾兄上有兩親下無子息千鈞之重繫此一身
其勉自愛哉弟元照拜白

天真閣書跋目錄

跋劉克莊詩說

跋說文解字補義

書柳子厚桐葉封弟辨後

書斜川集贗本後

跋景宋鈔本陸士龍集

跋擊壤集

跋景宋精鈔足本張于湖詞集

跋元槧張文忠公雲莊類稿二十八卷原本

跋黄豫先生別集

跋揭文安集後

蕭閑老人明秀集跋

跋緱寇紀略

跋陸淳春秋微旨

跋袁仁胡傳考誤

皇祐新樂圖記跋

跋孫之翰唐史論斷後

高似孫子略跋

跋龍筋鳳髓判

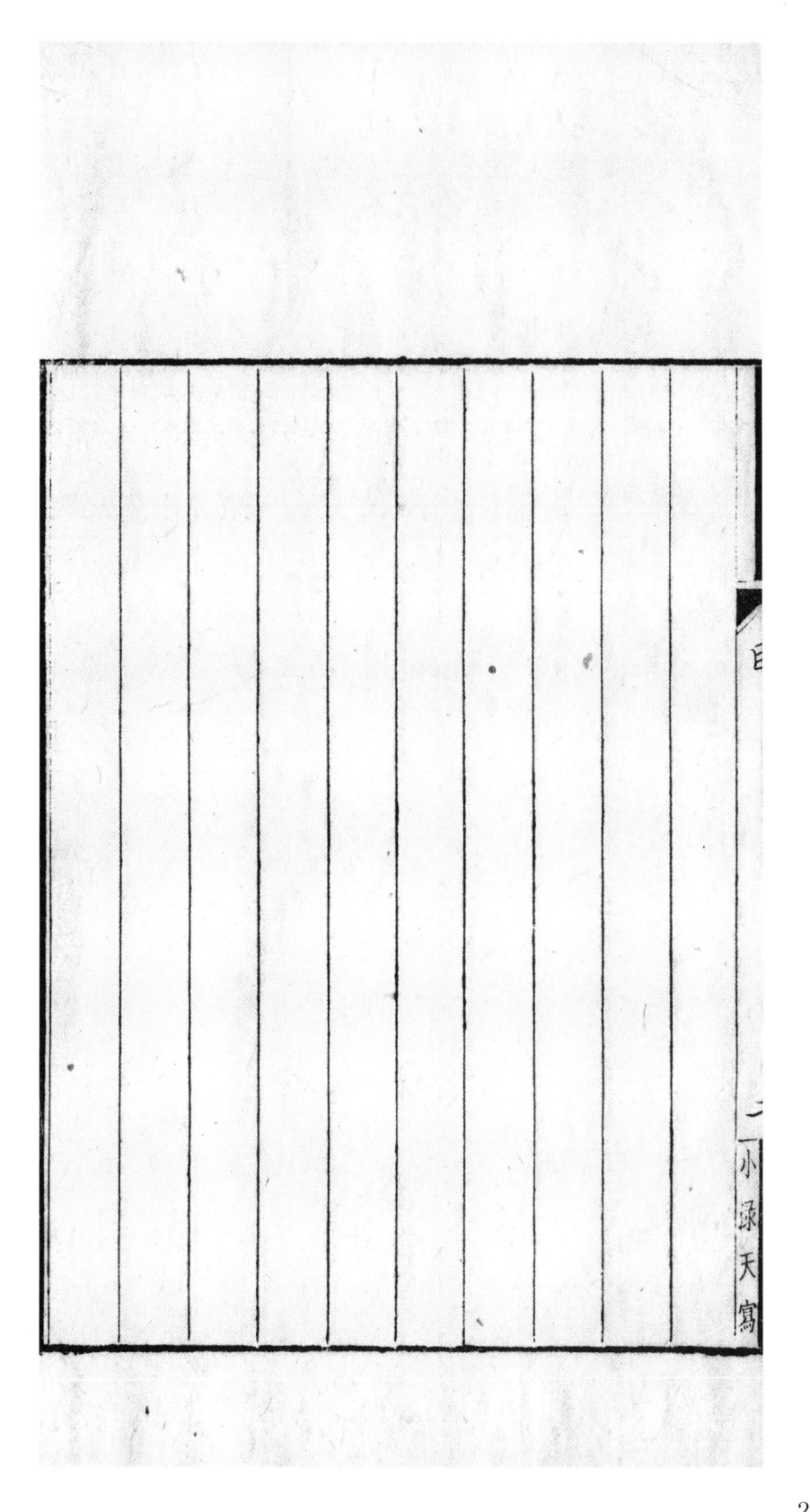

天真閣書跋

昭文　孫原湘　子瀟

建炎以來繫年要錄跋

建炎以來繫年要錄二百卷陵易李心傳撰心傳於端平中嘗修十三朝會要通知掌故特就高宗一朝之事重加纂述以國史日歷為主而參之以稗史家乘其有纖悉異同之處臚採諸說折衷以求其當或云不取或云從之或云當參考詳審精密較之李巽巖長編用心尤過之無論熊克張鑑也蓋當時南北隔絕傳聞異詞即案牘奏報亦多失實得心傳此編而是非褒貶使人尋繹自見此即春

秋傳信傳疑之法也夫豈槩稱博引以自誇漁獵之富哉
至其直書張浚之事於舉朝附和之中存三代直道之意
可以抗劉時舉之風節而破朱紫易之門户斯尤不媿儒
林矣惜隆興以後續編蜀亂散失不可復得耳

皇山人影宋刊手抄續談助跋

續談助五卷宋晁載之輯既軼去閒絶少傳本此為茶夢閣主人
手抄本卷首有錢遵王藏書印下有朱彝尊印述古每得
奇書多為竹垞借閲故也向藏吾鄉汪東山殿撰家後為
子和觀察所得余過味經書屋得以展玩古香可挹觸手
如新不獨奇文秘冊足資眼福即皇山人手書亦不寶貴

也第五卷抄李少監營造法式惜乎不全猶憶淵如屢次
札來屬覔此書苦無以應今於此書中得之而今春伯淵
已歸道山子和則宿草久矣展閱之餘不勝人琴之感矣

影宋刊抄本營造法式跋

從來制器尚象聖人之道寓規矩準繩之用所以示人以
法天象地邪正曲直之辨故作為宮室臺榭使居其中者
寓目無非準則而匪僻淫蕩之心以遏匪直為示巧適觀
而已宋李明仲營造法式紹聖中奉敕重修內四十九篇
原本經傳講求成法深合古人飭材庀事之義其三百八
篇亦出自來工作相傳經久可用之法明仲固博洽之事

所述雖蓺事而不詭於道如此顧宋槧既不可得四庫全
書本亦范氏天一閣所進影抄宋本内缺三十一卷末作
制度圖樣從永樂大典中補入至人間傳本絶少向聞錢
遵王家有影宋完本淵如觀察兄嘗屬書屬為購求徧訪
不得閲二十餘稔矣今年秋子和孫伯元以此本見示云
假之張氏張氏葢新得之郡城陶氏者伯元手自抄錄并
倩名手為之圖樣界畫從此人間秘笈頓有兩分為之觀
喜慶幸惜淵如子和之不得見也述古書目稱趙元度得
營造法式中缺十餘卷先後搜訪借抄竭二十餘年之力
始為完書圖樣界畫費錢五萬命長安良工始能措手前

人一書之難得如此今伯元年甚少愛素好古每得奇籍
輒自抄寫即此書之圖樣界畫精妙迥出月霄本上以余
與子和積願未見之書伯元能以勇猛精進之心成此善
舉子和為有孫矣為識于卷尾以告後之讀是書者

跋宋刊重校證活人書

右南昜活人書十八卷宋吳興朱肱翼中撰以仲景傷寒
方論各依類聚為之問答仲景南昜人活人者本華陀語
也政和元年肱初進此書原名傷寒百問武夷張藏作序
易此名五年去官後復加攺正并証與方兩卷為一卷也
八年刊成故曰重校證活人書晁氏讀書志陳氏書錄解

題並載二十卷今觀其所進表亦云一函八策共二十卷則知當時原書本二十卷後既并證與方為一卷或以十九卷為奇零更并佗卷為十八卷也從來發揮仲景之說者多推龐安常傷寒論而此書辨證尤悉即第一卷經絡諸圖經緯分明已有洞見垣一方意是書祇有宋刻别無傳本芙川得之百宋一廛珍為奇祕愚謂他書可祕此書不可祕亟宜傳錄數分以廣流布亦濟世之一端也

跋元槧書史會要

陶南邨書史會要辨六書之沿襲究八法之精微上自羲軒下逮明初甄綜靡遺原委畢具吾鄉馮竇伯撰書法正

傳於是編多所采錄原書九卷末附補遺一卷按 欽定
四庫全書目錄補遺之前有續編一卷為朱謀垔撰所載
皆明人今闕而補遺之後有攷詳三十人別為二頁則又
四庫目錄所未載也顧澗蘋得之武林以歸黃蕘圃今在
張生芙川處卷末有錢竹汀宮詹讀疑是編雖明初書而
收藏家絕少此係祖刻良足珍也

李氏續通鑑長編跋

宋李文簡續資治通鑑長編共九百八十卷舉要六十八
卷宋代祇有繕寫本自治平以後未經鏤版康熙中徐尚
書乾學於泰興藏書家得一百七十五卷進之於 朝所

載僅至英宗而止其神哲以下四朝秀水朱氏稱其失傳

已久今　七閣所儲永樂大典中錄出之本五百二十卷

自熙寍迄元符三十餘年事蹟粲然具在誠史部之甲觀

也里中張君月霄從錢塘何氏購得傳抄之本以活字版

排印既成惠然以一分見貽盡兩月之功流覽畧徧乃喟

然歎曰文簡當日用心之勤而此書眞一代之良史也今

即其所舉最大事者數條考之其於開寶之禪首採吳僧

文瑩之言及蔡惇直筆然後參以程德元傳及涑水紀聞

傳疑也其於涪陵之貶引建隆遺事而寘之以太宗即位

之初廷美伊開封德恭授貴州防禦使與太祖傳位之跡

畧相似以明傳聞之説未可全棄著實也於澶淵之盟則引陳瑩中之言以為寇準之功不在於親征而在於畫百年無事之策向使其言獲功不惟無慶歷之悔且可無靖康之禍其意直謂靖康之事皆由景德誤之原禍始也於西夏之封先載富弼一疏復載吳育邊備之疏田况邊兵之奏而實以韓琦家乘之汰邊兵及分遣内臣汰諸路兵彰國弱之本也於英宗之復辟則首著韓琦之諫及光獻撤簾事以補實錄所不載而於蔡氏直筆邵氏見聞王氏別錄所載太后不樂還政等語並削去明臣道之權也至於熙盜之更新元祐之圖舊則尤旁參互審辨异析同使

邪正心迹纖毫莫隱尤人所難言者凡此數事淺識既不能言拘儒又不敢言而文簡以宋臣言宋事獨能繼南董之筆援春秋之義發憤討論使衆說咸歸於一厥功不在司馬氏下矣生逢　右文之世獲覩秘籍以助讀史者之考證不可謂非至幸而月霄能使人間未有之書一時頓有一二百分流布蓺林其用意尤可尚也輒爲欣喜識之

跋孔平仲續世說

孔毅甫續世說十二卷編唐及五代事以續劉義慶之書王漁洋居易錄稱其書久逸武林何夢華從宋刊本影寫以售吾邑張氏其叙述之名雋誠不如義慶原書然所

載詳於書善而略於紀惡至直諫一門敘錄尤備以資觀覽誠足以為千秋之龜鑑錢遵王謂其為東家之顰未免過矣穀甫別有談苑四卷多襍摭諸書成之其不見於他說者或至失趙與旹賓退録疑其為依託以此書証之其說洵不誣也

三蘇先生文粹跋

宋板大字本三蘇文粹七十卷不著編輯名氏凡老泉十一卷東坡三十二卷頴濱二十七卷闕卷十一至十八廿二至廿四廿九至三十五四十八至五十五五十三至五十九七十共抄補者廿九卷存者五十一卷點畫嚴整楮墨

閒古香浮動逼真宋槧宋印惟老泉文後附詩廿二首東坡頴濵詩皆不錄文章與近時諸槧本微有異同處惜未得宋槧小字本一校耳稽瑞樓有宋槧增廣分門三蘇文粹殘本四册想又别是一本則知是書在南宋時已盛行矣張生芙川得之愛日精廬屬爲之跋

跋郭公言行敏行錄

元運使復齋郭公言行錄福州路教授徐東所編及編類運使復齋郭公敏行錄則當時投贈詩文碑記也黄蕘圃士禮居購得元槧本後歸張月霄日愛精廬張生芙川從月霄假歸影寫完帙而以言行錄應入史類傳記另裝一册

敏行錄應入總集類分裝三冊曰言行錄者仿名臣言行錄之意也曰敏行錄者猶甘棠集之類也郭公名郁字文卿汴之封邱人金末避兵遷大名由江淮樞密院令史歷官福建都轉運鹽使按蘇天爵元朝名臣事略自穆呼哩至劉因四十七人無文卿名徧考元文類元風雅天下同文集俱未之著錢竹汀養新錄稱為自來蒐輯元代藝文者所未之及誠海内之秘笈也

跋劉克詩說

宋儒說詩自歐易氏以下無不與毛鄭异同者然歐公之言曰學者迹前世之所傳而較其得失或有之矣若使徒

抱焚餘殘脫之經倀倀於去聖人千百年後不見先儒中間之說而欲特立一家之學吾未之信也是歐公特不曲狥小序未嘗輕詆也自朱子用鄭樵之說攻擊詩序而詩序幾廢矣淳祐中信安劉坦刊行其父克所著詩說十二卷宋志及焦氏經籍志均未之載朱竹垞經義攷稱崑山徐氏傳是樓藏有宋雕本後有吳匏菴題識而第二第九第十卷都闕近年何瀞華購得徐氏本影寫兩分以售陳子準張月霄張生伯元從兩家轉抄見示余得借讀其書大抵專攻詩序以為序果盡出子夏之手則亦未折衷於聖人況其失浸遠大半毛公以後經師所演如云世族在

位相竊妻妾是何等語即果有之豈恥言人過之義如魯
文姜既謂莊公不能防閑為二國患又謂齊女賢而不敢
卒以無大國之助事之粗者差外如此何論精微至引孟
子所云詩亡謂學詩以詩序為宗詩人之旨雖有存焉者
寡矣是之謂詩亡其掊擊可謂不遺餘力矣而其取義新
確論議融暢較之慈湖之放誕詆諆者固自有間至其論
二南謂武王未勝殷以前不敢以王化自居託南以言化
繫以周召者周之至德十亂之力故以周公為王者之風
召公相文武日闢國百里故以召公為諸侯之風不繫之
文王而繫之周召蓋所以共成周家之至德者二公之力

故以是明文王之心焉其識解尤精

跋說文解字補義

包魯伯說文解字十二卷吾邑錢氏述古毛氏汲古俱未著錄知人間流傳者鮮矣此本係張生伯元從張月霄假錄副本原本乃元時舊槧月霄得之李氏書肆者也其書依五音韻譜例分四聲編次稍失原書面目而音義一仍鄦氏原文亦間引徐氏之說其以己意發明者別以補義曰別之其言旁推交通大旨歸於風雅勵俗不徒沾沾於音韻訓詁之學也其最精者釋仁字曰仁者人也親親而仁民仁民而愛物故从二二者以己及也釋恕之曰如心

為恕蓋以己之心度人之心未嘗不同推己以及物也若
仁則以己及物不待推矣鄦氏直訓恕為仁不可也釋義
字曰美善之學皆从羊制事合宜則美善矣从我以其在
我而不在物也觀此則告子義外之説不辨而自明凡若
此類皆發揮精義足以羽翼經傳異於標新領異以求悦
人者也其論書也則謂上古制字以之紀言紀事所以垂
範後世使遵而行之以為修己治人之學茍取一字深求
其義反之於身即道之所在春秋之世猶以反正為乏之
類形諸言論以明事理後世変竹簡木桼而為紙墨字益
繁富而姦偽日滋戾乎六書之本義矣而尤病鍾元常王

逸少變篆為隸使古學泯然惟取姿媚至造八法結搆之說浮靡相煽以至汹碑殘墨重帑購求玩物喪志德藝消滅烏虖何言憤而切也魯伯當元順帝末造目覩夫綱紀廢墜風教頹靡憤時嫉俗之見悉於是編發之卷首有自序惜僅存尾頁矣而其悲友憫人之志扶持世教之心猶可循覽而得則是書雖小學其有裨於世道人心者匪淺鮮也

書柳子厚桐葉封弟辨後

公之意不在封唐叔戒成王戲耳以桐葉封弟猶戲之近禮者故托於賀以為戒曰天子不可戲乃公之本意封弟

自出於王非公教之也子厚以為王之弟當封宜以時言於王不待戲而成之不當封乃以地以人與小弱者為之主不得為聖叔為天子弟當封叔方小弱非封之時不得咎公不以時言於王其因戲而賀以成之直謂天子無戲言與其不封而使王居戲之名毋寧封之以明天子非戲所以深諱王之戲也其深諱之乃所以深戒之也若叔之就封必擇賢人為之輔如酒誥所稱太史友內史友圻父薄違農父若保宏父定辟無患其以地以人與小弱者為主也此尤不足為公病子厚又以設王以桐葉戲婦寺亦將舉而從之乎弟本可封非婦寺之比設以成王而與婦

寺為戲公必以不善輔王溪自引咎退而避位使王之自悟尚肯教王遂其過乎以此難公淺之乎窺聖人矣然則曷不正言規之封弟非禮之失與弟戲友愛之情可原於此而必正言規之是真所謂束縛之馳驟之矣且規之則不得遂其封適使王成其戲也

書斜川集贗本後

此世所傳抄之斜川集也嘉慶戊辰歲太倉馮立方以之見遺按其題中所遊歷所贈答與夫詩中子劉子云云疑與叔黨不合因憶上如吳居父二絕見劉龍州集厲太鴻宋詩紀事亦誤作叔黨不知江淮老病及槐花舉子之語

與叔黨平生蹤蹟殊不類也既閱王弇州題跋乃知以劉集充斜川自元季已然蓋因其名與叔黨混耳湖賈往往以贋本鉤致厚價好事者家置一編而蘭亭真本人寰絶響久矣嘉慶辛未八月于役毘陵趙味辛司馬以所刻斜川集見贈開卷即侍親遊羅浮道院詩和叔父浴罷詩其事其文按之坡集歷歷可攷方乾隆癸巳甲午間 朝廷詔開四庫館時山左周編修永年從永樂大典中錄出味辛曾於翁覃溪學士蘇齋見之未及錄稾為悵會仁和吳君元長得之於孫中翰溶寓齋以寄其鄉鮑君以文味辛適在浙見而喜極欲狂為之校正付梓其後法梧門庶子

充唐文館總篹復從大典錄得詩文如千首定爲補遺二卷合前刻共得八卷於是廬山面目始識其真而此本之爲龍洲集數年蓄疑至此頓釋不特叔黨之文章爭先快覩而此集亦得雄長埶林不致桃僵李代之混矣

跋影宋抄本陸士龍集

陸士龍集十卷慶元中徐民瞻刻於華亭縣齋與士衡集合爲晋二俊文集正德時陸元大重刻都元敬頗以錄本譌誤爲言而不及民瞻序可知宋槧明時已尠流傳矣此本爲影宋鈔本文休承得之武陵市卷首有竹塢兩印原止一本張生伯元重裝析之爲二雖未得見宋本覩此已

較明本迴勝耳

跋擊壤集

康節先生擊壤集寓易理於韻語所謂俯拾即是與道大適者其風韻勝絶處後來惟陳白沙得其元微此事可為知者道難與俗人言也此宋刻殘本係季滄葦家物僅存三四五六二二卷首二卷亦季氏舊抄黃蕘圃得之嚴二酉自第十一卷至廿卷以元時飜宋本補之尚缺第七至第十卷復假愛日精廬所藏元鈔本鈔足遂成完帙百宋一廛賦所云證擊壤於泰興是也今蕘翁往矣此書歸之張生芙川芙川屬為識之如此

跋影宋精抄足本張于湖詞集

于湖詞沈雄跌宕專學東坡嘗於建康留守席上賦六洲歌頭慷慨激昂主人為之罷宴草窗選絶妙好詞以集中念奴嬌一闋壓卷其為當時見重如此汲古閣刊本以得一卷刻成後續得全集故篇次無不移易此冊的係原本洵可寶貴惟舛譌處頗多須一校正耳

跋元槧張文忠公雲莊類稿二十八卷原本

元張文忠公為一代名臣所陳時政疏十條忠心苦語不減劉安世陳次升風節固為有元之冠而其文章胎原姚牧盦淵奥昭朗即不逮道園亦當驂驔馬石田柳待制之

間惜元刻外世無傳本四庫全書目作二十四卷稱原本殘鈌從永樂大典校補則知是集久無完本張生伯元從月霄張氏從此元鈔本二十八卷完善無鈌後更有附錄一卷晴窗展玩古香襲人惜闕有爛板處無他本可校補耳審收藏諸印知此書閱人多矣卷末有堅蕉居士則固為傳是樓中物也

跋黃豫章先生別集

黃山谷集三種曰內集洪炎所編所謂退聽堂本者也曰外集李彤所編所謂卯濬藏本者也此別集廿卷文節孫㽦所篇刻於淳熙九年別有詞一卷簡尺二卷年譜三卷

則編慶元五年益外集繼内集而編別集又繼内外二集
而編年譜則專為詩文集而作也明嘉靖中刻本有蜀人
徐岱序卷次分類一依宋本其他刻本或刪并卷次或移
易分類均失原本面目矣此本相傳是宋槧原本與嘉靖
本相校誠屬不同然攷外集送第十四卷送鄧慎思歸長
沙詩慎字空格注云今上御名此本果刻於淳熙時則慎
字亦應避諱今卷中慎字並無闕筆細審紙色行列其為
元翻本無疑惜失去詞箇年譜張生伯元云素脩吳氏有
年譜三卷與此本絕相類吳氏珍為宋槧惜未獲合璧耳

跋揭文安集後

揭曼碩在元時以詩名與虞道園楊仲宏范德機稱四家而其文亦嚴整有法度一時碑版巨製多屬選著雖未克與道園抗衡要當在黃文獻歐易圭齋之間其全集爲變理普化所編共十四卷茲文粹五十七篇不分卷帙明楊士奇所選定黃蕘圃家藏有刻本卷首有文安傳此抄本係張子和家所藏予從子和孫伯元借讀并錄其副其中如上李秦公書與胡汲仲書富州學記涿州孔子廟禮器記雙節碑題昔刺史宋圖後諸篇皆淹雅閎肆足以法揮至理上窺韓歐按公文見於蘇伯修元文類者亦數篇皆未入選而伯脩所錄桂易縣尹范君墓誌銘李節婦傳又

茲編所未及也

蕭閒老人明秀集跋

金蔡松年撰松年字伯堅本杭人長於汴都從父靖除真定府判官遂為真定人累官吏部尚書參知政事進右丞相卒封吳國公謚簡文明秀峯在汴梁公與梁慎脩許師聖田唐卿輩觴詠處集以是名蕭閒老人其退居後自號也原集六卷魏道明注今存一至三卷金人專集傳世者自元遺山外惟滹南滏水數家茲集久不著錄陳子準得之郡城周氏月霄芙川輾轉傳錄出以見示松年詞與吳彥高齊名稱吳蔡體朱竹垞詞綜僅錄尉遲杯一闋萬

紅友詞律祇收月華清一闋按全集目録月華清在第四卷尉遲杯在第五卷俱在此三卷之外後三卷尚有百餘闋今所存者七十二闋耳零璣賸璧弥足珏𤦲即雷溪之注雖失之繁冗而於當時酬贈諸君俱一一詳其仕履亦足以補中州集之未備也

跋綏冠紀畧

按曝書亭跋稱先生於順治壬辰舍館嘉興萬壽宫蒐輯是編久之其鄉人僅雕十二卷而虞淵沉中下二卷未付棗木明史開局求天下野史有旨勿論忌諱于是先生足本出竹垞曾抄八百六叢書顧世究罕有傳本余既購

鄒刻終以未見全璧為憾適粵東蕭君子山稱有司成手
錄原書三卷因丐借校勘及展卷適為所缺之中下二卷
并後附錄一卷則所紀殉難諸賢始末為之狂喜勝獲殊
珍其字迹頗不類一手顧皆妍整中有帶草率而極蒼秀
者當係原筆題為鹿樵紀聞發雕時方更今名也原著十
五卷蕭君夫人為司成女曾孫分授遺書適得是三卷其
末卷雖竹垞當日亦未之見此固先生文章精氣欝久必
光亦諸公之忠魂毅魄有以憑依而呵獲之假手數人以
合延津之劍區區翰墨因緣其所係豈淺鮮哉惜尾頁闕
如此則蘭亭七字損本不無小恨爾

此例頗新

跋陸淳春秌微旨

淳字伯冲啖助之弟子

右陸給事春秌微旨三卷亣鋟於開封者爲皇祐本南渡後久已失傳袁清容得北宋舊槧亣書復行於世顧表本近亦尠觀余所得兩本皆舊抄本互有脱落因手自讐勘亣所引三傳譌字滿篇悉爲補正左氏本从刪節復經傳寫脱落至肯文義不貫者竊以鄙意取原文增入間有濫引𨮝引之條亦用原文注釋于下至所引叔佐伯循之説肯徵見于

御纂春秌及胡傳者竝爲訂正亣餘一仍原書㑹粲自序

謂三傳竝存亓義當否㠯朱墨爲別　四庫提媥㠯為汻
本用嘉祐本艸例別㠯陰昜文遂人難于双鈎於應用舊
朱書者易㠯方匡畍畫今
殿版仍亓式簏筒簡陋既無宋槧可校山城荒僻覓
殿版又不可得莫知的从已自來說萅秌者除鄭學杜例
外陸氏為最古雖孫直講之峻涖未免濫觴而胡文定之
折衷頗為藍本發明簡當不可謂非素王之功臣也

跋袁仁胡傳攷譌

仁字良貴號蔆波蘇州人著有尚書砭蔡編及
此書與季本同旨相善

右袁蔆波胡傳攷譌一卷計四十一條惟會防條與傳無涉自元延祐二季頒胡氏之書於校官明永樂因之經生家園敢齟齬洪武間張呂監曾著胡傳辨疑亓書久佚陸子餘出始昌言駁正是書踵呂論辨頗出新裁如謂齊桓抹邢不詭尊王之正高子盟魯斷敉兼國之私郟敖之卒禍始養癰髡頑之亾釁由涹禮誅許止無君之心罪浮於嘗藥寬晉人應兵之獄咎遏于敵師悉能引申大義發揮微旨至于周朔之不冠夏時議根志道蔡侯之勿僭公禮論出伯恒遈田不必遈功于夾谷沿陸氏之餘獲麐不必應瑞於尼山采新論之旨即非得心不謬是非雖吹毛洗

垢間傷於刻深而握瑜匿瑕不掩亓畧栗竊㠯無多㠯帙嘗得一臠有功經傳助可比翼固非妄為論甘忌辛是丹非索者已惜無善刻精讐僅從延陵氏假得抄本就管見畧校一過云

皇祐新樂圖記跋

右皇祐新樂圖記乃宋阮屯田胡安定撰述進御之書也本㠯李照樂下三律詔胡阮改造止下一律當沓房庶力闢亓說㠯為照㠯縱黍絫尺管空徑二分容黍千七百三十固失之長瑗㠯橫黍絫尺管容黍千二百而空徑三分四厘六豪又失之短夫截竹嶰溪元音斯得寔葭緹室中

氣自應漢制睎黍之法特以較絜度量執黍求律本乖古
義然而倫琯房準樂府失傳周鬴漢尺淤物滋僞今欲撤
黍求度廢度審律辟之策杖索涂扣槃捫燭巳夫以竹作
管而竹之巨細失均以黍定分分定而管之徑圍自得今
按所造原本周官兼采漢制尺寸不詭乎度數形模悉洽
乎禮圖惟大黍累尺小黍實籥未免矛盾而較之庶說欲
以千二百黍亂實管中長短隨之縱橫莫辨者孰有當乎
夫范蜀公以律生尺而太府樂尺實下舊樂三律矣魏漢
津以指布度而大晟樂器工人不能成齊量矣故知師心
愈巧準施彌失累黍之法猷為今古雖比勗咸之精攷尚

尋峴朴之墜緒未可執義叟害金止論遽訾大安子穀之制也沈約云樂經亡于秦隋志樂經四卷蓋新莽時所立今亦失傳雖有寶常令言文收之徒著作罕覯則是書實為樂經之繼勖矣从清河氏借得舊抄本載陳直齋吳壽民趙清常三跋因并錄之

跋孫之翰唐史論斷後

之翰名甫

右唐史論斷三卷宋孫諫議撰原序短遷紀之破體病昫書之冗繁汰取編年事綜覈錄成書七十五卷得論九十二篇仿筆削于麟經備是非之龜鑑誠足以發揮幽沬黜

正繆悠乎惜原書久入于禁中副錄罕傳於天下惟茲論斷畧見風徽觀夫中宗紀年守公在乾侯之例武氏實廢援夫人孫齊之文辨思道之下請室譜豈河南坐睢昜之陷孤城匹由次律寬文成之不言事殊于潁考責臨淮之擅殺勢異于穰苴悉能斷取心裁見空目論至于長慶失守病及先朝大中儉僅称為小節關朋黨肅賢奸之路重宰相擊安危之根彌足藥石君心苞桑世運比于淳夫之鑑更切事情譬諸縉叔之書尤中竅要也按曝書亭跋語是書一鋟於南劍再鏤于東昜歲月山深流傳益寡茲從心葵吳君處借得抄本卷首有曝書亭珍藏印竹垞先生

名印又雪莊張氏鑒藏印首尾叙寬山重校益亓珍逾尺
璧惜若兼金自廬陵涑水眉山南豐諸公固已然已去傳
有劭本先列唐記者較此倍之竊謂洛昜筍籮東坡未睹
亓内府縹緗北狩盡亾亓籍當旹已有煙雲之慨近代反
獲金石之藏以秀水之淹通何未之寓目也且拾羽得翠
亦何敢爭吉光釆蜂獲珠可竟遺夫海月盃從古本未敢
求多爰與吳君重加讐勘著之于録并附諸賢所為志狀
序臺于後庶幾李花之盛衰十八葉指數螺紋貞觀之政
治廿季手分軀榮用著千秌之金鑑徵特一家之寶言已

高似孫子略跋

續古氏取鬻熊已下三十八家著之論說亓卑法術拒刑
名黜元虛埽捭闔可謂卓然絕色矣惟能決洞靈之妄而
樂治丹經能戒黷武之殘而侈言陣法未免目淆五色見
涉兩歧至謂殷楹既奠子思未生竟忘泰山未頹伯魚早
卒偶疏檢點未足訾警要亓顛首孟氏折衷孔經揚子有
云好書而不要諸仲尼書肆也好說而不要諸仲尼說鈴
也高氏其免于此議歟宋槧久廢茲從百川學海中錄出
為校正脫誤四百餘處復取漢隋唐諸志及馬鄭兩家之
書核其篇目悉為厘正稍遂匡廬之面目云

跋龍筋鳳髓判逸

唐張鷟撰字文成號浮休子濼州陸梁人

右龍筋鳳髓判唐張文成所撰紫文入竅氣早著夫凌雲
澹墨書名第遂高乎調露舉青錢而充選有萬簡籠中之
能摛丹筆以乘仁比五聽五聲之允宜亓甲科八選而無
雙選判四參而皆昜譽馳廡塞價重雞林徽特覓舉者戴
若名經秉讞者珍為藍本已或者謂瀌惟助治刑㠯敎中
辭貴明徽體尚簡煽掾林華之豔不切霜威摴枝葉之繁
何關雷勑不知先王議事㠯制君子明慎用刑折獄必據
乎経文定讞直根乎史斷方朔重廒之風究近滑稽張湯
磔鼠之文殊嫌兒戲甯成乳虎終𦤎一马之書郅都蒼鷹

徒知兒三尺之律是臣兒寬奏上非俗吏之所為不疑平
反惟經術之是用延英叩閣之諫置笏引經昭陵斧柏之
爭盜環述史但論適中乎平準即言不病亓斂腹固當與
白樂天之文集匐轡竝尊李元紘之判章南山同鎮况乎
文選備制作之奇獻無讞稿英華見搜罗之富不箸撰人
既涉獵乎百家盍偏枯于一體詞翔藻耀不失駢體之宗
件繫條分兼可補義疏之闕原書上下二𢀶劉敬虛益之
臣汪離為四𢀶雖勤採掇頗失冗煩茲本一仍舊書無取
鵷輯云

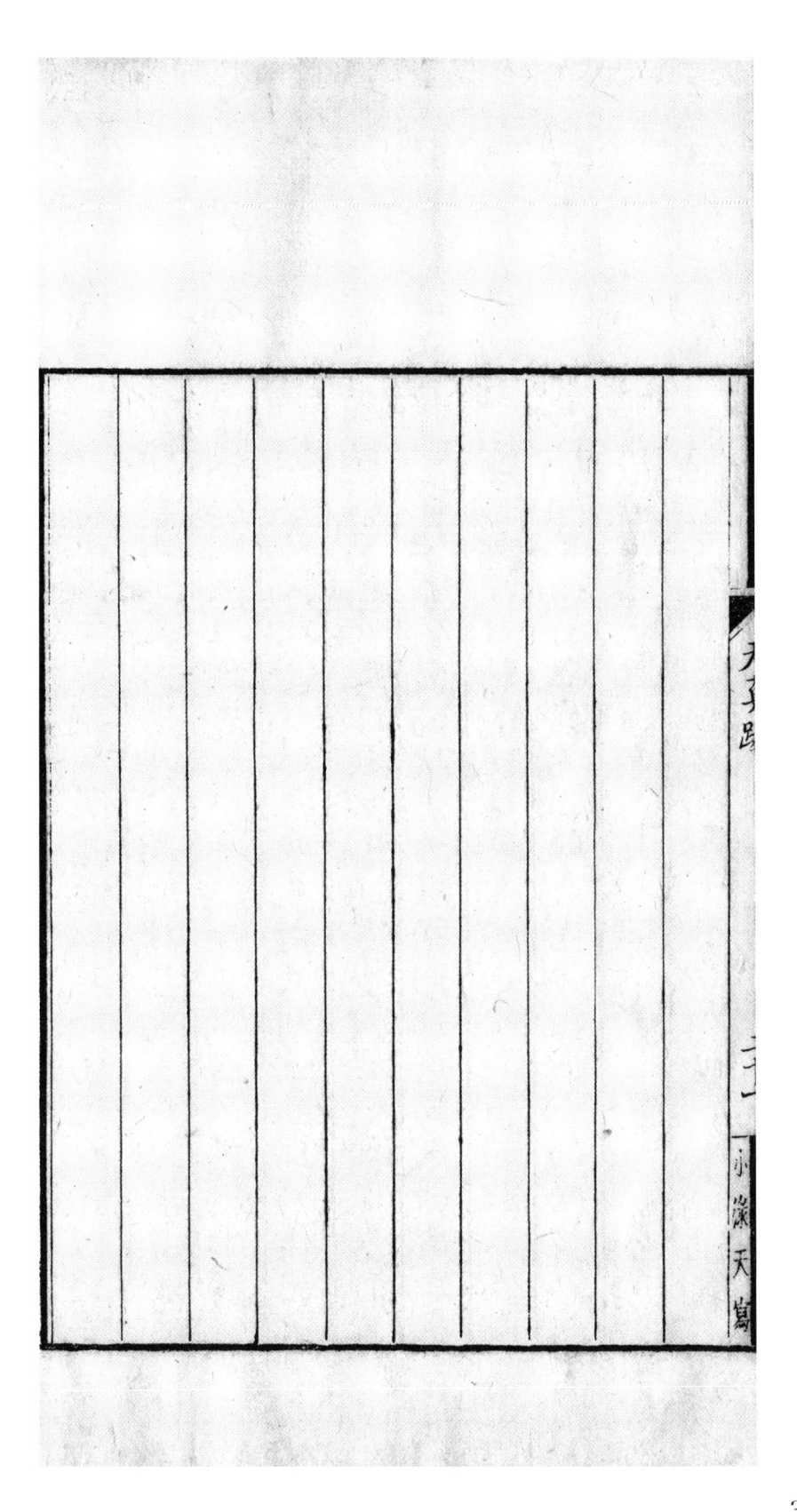

第六絃溪書跋目錄

校崑山郡志跋

元本敬齋古今黈跋

校刻吳郡志跋

校正北堂書鈔跋

書齊民要術後

書李翰蒙求後

書洪武蘇州府志後

又

書歸元宮文鈔後

書屈侃甫永安耆獻狀後

書史通後 二則
書手抄中吳紀聞後
書校建康實錄後
書縮寫元大德刊本白虎風俗二通後
樹录 五首
校書說一
校書說二
藏書二友記
讀知不足齋 賜書圖記
與張若雲州司馬論太平御覽考異書

小淥天寫

第六絃溪題跋

續資治通鑑長編跋

常熟黃廷鑑琴六著

李文簡公續通鑑長編一書今世所傳僅存建隆至治平一百七十五卷蓋即乾道所進之本也其熙淳元年續進神哲以下四朝之書自元明以來久佚今七閣所儲永樂大典本雖缺徽欽二紀而熙寧訖元符兩朝三十餘年事迹犂然具在洵為北宋紀載之淵藪矣其中分注攷异詳引他書而于神哲之代尤多如國朝會要政要歷朝實錄時政記王禹偁建隆遺事王拱辰別錄司馬溫公日記王荆公日記劉摯日記

呂大防政目呂公著掌記曾布日錄林希野史王巖叟
歐陽靖聖宋掇遺邵氏辨誣諸書及諸家傳誌碑銘皆
無一存者即幸有傳書如東齋紀事涑水紀聞東軒筆錄
湘山野錄玉壺清話邵氏聞見錄筆談揮麈錄之類往往
傳寫訛脫亦足據以是正則此篇非特足以攷訂宋遼兩
史之闕訛而有宋一代雜史小說家不存之書亦可賴以
傳其十二誠溫公通鑑之後不可不讀之書也第攷異中
載有宋史全文十朝綱要諸條其書皆出于長編之後而
十朝綱要即文簡之子李㮣所撰尤不應引入此或後人
有所附益未可知也幸逢右文此之代書殘闕復完惟是

天府儲藏佔畢之士得見者鮮卷帙繁重即繕抄亦自不易及門張子月霄購得閣中傳抄本不敢自祕願以公之世爰以活字版排印全書亦藝林一快事也以余稍涉躐史事畀以校讐之役自己卯夏迄庚辰秋凡十有五月而畢所惜印本易盡後難為繼倘世有好古之君子壽之棃棗流傳俾益廣遠厥功更倍願以是舉為嚆失云爾

鄭注爾雅跋

宋鄭夾漈先生注爾雅一書採經為證不事穿鑿轉得簡要最稱善本汲古毛氏得南宋本刻入津逮書中俾後學得覩遺編厥功匪淺惟中由滕以下為揭由帶以上為厲

諸條因原注佚脫并節去經文又以舊文淆訛有所更定
如𪕕改𪕒鮑改鼩之類皆失之疎攷𪖈字郭注經典釋文
及許氏說文所引𪖈謂之𪕷皆從汁則𪖈字本不足𪕒鮑
字釋文云鼫鼠郭注關西呼為鼩鼠鼩音雀或誤為鼳并
以鼩鼠為鼫鼠又說文云鼩胡地鼠也與郭注意合廣雅
云鼩鼩鼠也則鼩鼠注本不作鼫鼠此皆漢唐舊籍足可
依据乃毛氏輒將鄭注本文改易何未深攷也又如經文
𦶜為榮藸為蘠楊鳥為鸉之類皆足以正監本相沿之訛
與唐石經釋文諸書合茲特補入經文餘悉仍宋槧之舊
他若怢伕杬杭鴟鴠之訛經前輩訂定者咸與刊正庶幾

不失舊觀無誤來兹子是書不無小補云

曲洧舊聞跋

漢蘇子卿嚙雪齕荒圖形麟閣奇節獨絶千古得宋朱少章先生而有偶矣攷公使金被留其懷印不釋猶之持節卧起也閉驛忍飢猶之置窖絶食也力抗偽命誓死不辱幾鄰于引刀自刺也及觀置酒與被掠士夫語寧異武之海上慷慨對李陵時耶拘囚困苦歷十有七年而卒得生還先生其典屬國之後身歟何行事之相合也所著曲洧舊聞一書述列聖之前猷溯名卿之往行即一二軼聞瑣事舉足備掌故闕遺身在燕山而無一言及北國事其每

飯不妄之意益可見矣是書曾刻秘笈中惜非完帙今得
開萬樓所藏舊抄本十卷爰校以付梓庶讀其書者益欽
其人云

庚申外史跋代

庚申外史一卷明權衡以制撰攷以制為元末隱上書成
于洪武初元後修元史詔採順帝遺事其書曾上史館所
載順帝一朝時事外釁內訌壞亂傾覆之由本末詳盡證
之元史多合惟帝為瀛國公子一節與史牴牾説者以為
微曖難明或出中原遺老傷故國舊君者為之辭誠卓論
也然余應袁忠徹程克勤諸人多信其言夫晉元之以牛

易馬其說第始于沈約之造奇而魏收著之以誣南朝雖有宋孝王劉子元之先後辨誣而唐初史臣終沿其說況庚申帝之事本出當日宫闈之言丙申之詔即順帝亦有不能諱者乎總之正史須貴徵信而稗野不害傳疑在讀者自得之耳是書一名庚申帝史外聞見録又有從十五年下分為二卷者實即一書非有異同云

明宫史跋

稗史紀録間及宫禁瑣聞止有一人一事並無專録成書蓋緣掖庭邃密非外朝所得周知即有持橐簪筆之臣不若宦豎左右見聞尤悉也此宫史五卷赤隱子從劉若愚

酌中志録出者為若愚天啟朝内奄名麗爰書人不足道
而其書實創前此未有之例具見有明一代太阿倒持煬
竈肆皴其來有自不第宮闈之軼聞瑣事足資考證已也
詎可以人廢者哉

又跋 代

宮史一書體例畧與東京夢華故宮遺録相仿自門垣宮
闕之制内官職掌之目以及飲饌服飾嗜好嬉戲之細無
不紀録而于内監品秩員數尤詳夫成周内宰統于内天
官誠以左右暬御之人繫于主德匪淺自秦而後寵任日
多外廷不復統制非寺甘露之禍後先同慨明洪武初制

内官不許識字立法最善一再傳後置東窗設内書堂迨
至季世大阿倒持逆閹擅政卒蹈漢唐覆轍良由背棄祖
訓本實先潑故也我
高宗皇帝裒輯四庫
特詔録存以著明代亂亡之由則是編宜攷古者所不廢
也舊板久湮爰重加校梓備雜史之一體云

校正文房四譜跋

此書向無善本照曠閣刊學津討原時出舊藏本屬校謬
誤殆不可讀讐勘再三粗成句讀而中如文文嵩四侯傳
及墨譜中段温贈砮書狀十二首不見於他類書徵引者

槩從闕如緣是錄副未梓已卯冬晤錢塘何夢華上舍云近得鶴夢山房舊抄完本亟從之借校今春夢華攜書來知又新從振綺堂汪氏本校過者狂喜欲絶余遂從兩本合校一過補卷一筆之雜說脱文四十二條卷二筆之詞賦一條卷三硯之叙事九條其餘闕文錯字約記二百八十餘字其異同處兩通及存疑者不計焉是書至是可稱完善矣第未知視敏求記所云絳雲對勘之本相去之又何如也

校吳越備史跋

吳越備史一書遵王敏求記云家藏舊本四卷忠懿王自

乾祐戊申至端拱戊子終始歷然無所謂補遺者又如錦
城被冦命道士閭邱方遠建醮及迎釋迦舍利建浮圖諸
事今本皆失載按錢所云今本即此明十九世孫德洪所
刊本也今夏聞陳子準藏有舊抄善本假以相刊書四卷
無補遺敏求記所舉今刻本失載數事皆備載無遺其書
與刻本異同詳畧處頗多今皆一一校補中如紀閭邱方
遠之卒下注方遠事迹及梁貞明詔敕脱佚有至一兩葉
者不第如敏求記所云也書中諸王名字皆闕而不書即
嫌名劉字亦以彭城二字為代其為此書最先之本無疑
惟明刻本第四卷止乾祐戊申載有嘉祐丙申錢中孚紹

興壬子錢涣兩跋知此書在宋時已有佚脱非盡德洪刊
刻之謬也

舊本漢武内傳跋

漢武帝内傳一書凡太平廣記所録及明漢魏書諸刻皆
非完帙向稱汲古閣刊道藏本為最善惜傳本亦稀今春
從陳子準處借得舊抄足本也讀之知俗本皆删節過半
即毛刻亦多脱落益見舊本之足貴矣爰倩表弟陳竹亭
影寫一帙藏之復取宋人續談助中節本彙諸刻細校一
過間有舊抄訛脱而他刻得之者附注于旁以備參考又
談助卷末跋中載有廣唐道士跋詳淮南八公姓氏為他

書所未經見與玉海中所引合并錄之又内外傳本一書如吳越春秋之例外傳即内傳之下卷自删本僅存内傳不知者遂以外傳為别一書觀談助跋語自見然不得此本又孰從而證明之耶

重輯漢武故事跋

漢武故事一書隋志著錄不著撰人名氏晁公武讀書志云漢班固撰又引張東之洞冥記跋謂出王儉所託蓋疑而未定也其書自明以來無完帙今惟古今逸史本又僅存錢氏讀書敏求記所載繡林書堂本今藏稽瑞樓陳氏假讀之亦屬删本然出逸史外者居半又于愛日精廬見

皇山人姚咨所抄非宋人續談助一書如子鈔類說之類
中有漢武故事一册閱之與繡林書堂本無一字出入知
此本即從續談助中出者故亦非完書也又見太平御覽
史記正義及通鑑考异西漢年紀小學紺珠諸書徵引漢
武故事頗多皆為今本所未有爰於暇日重輯一篇以古
今逸史與續談助雖非完帙尚具首尾据以為主而以
太平御覽及他書所引諸條約略先後坿之共得三十一
條較世傳本已多一倍而四庫提要所云諸書中引甲
帳珠簾王母青雀茂陵玉椀及柏谷亭事今本不見者亦
已無遺計其全書亦十得八九矣特恨敏求記所載又有

陳文燭本未得見耳嘉慶庚辰夏五拙經叟識

又跋

余既輯漢武故事成及門張月霄示以宋劉雲龍㑹先生文集中有漢武故事書後見卷二十九云撰人班周世出官次不他見書中言儀君傳東方朔術至今上元延中一百三十七歲元延漢成帝年號也則者周其成哀間人歟又云敷叙精緻雖多誕謾不經不與外戚郊祀志相表裏者蓋鮮非西漢人文章不此到按此說甚新然余疑周字即固字之訛如此書古本果作班周何以郡齋讀書志及他書所載又皆作固可知自宋以來相傳之本只作固字獨劉

所見本偶不同耳恐未可為據也惟所云元延為成帝年號而作者既稱今上則當為西漢末人此讀近是讀范書孟堅傳永平初固始弱冠卒于漢和之永元四年年六十一上距漢成之代已百有餘年其不出固手有斷然者而書中有與浮屠相類貴施與不殺生云云又似出東漢後人語竊疑此書本成哀間人所紀而孟堅修漢書時所嘗采録者或因其傳自班氏遂屬之孟堅而後復有坿益耳疑以傳疑以俟博雅君子論定焉道光紀元十月下澣又識

校昆山郡志跋

昆山郡志元楊譓撰鐵崖先生叙云二十二卷今祗風俗

起至異事十六門共六卷蓋不全本也竹汀詹事跋云首尾完具疑鐵崖所見爲别本其說非也地志首重建置沿革城池鄉都橋梁水利户口賦役學校官署壇廟寺宇諸大目今皆缺而不載且楊叙中明言崑山自縣升州地利日增賦稅甲天下州縣庸田水道利害所在而志中絕不及之其非完帙可知此第全書之後六卷幸科第名宦人物雜記諸卷尚存足備宋元來是邦之掌故不以殘闕忽之可耳琴溪拙叟記

元本敬齋古今黈跋

武英殿本敬齋古今黈八卷輯自永樂大典者爲世間未

見之書道光甲申張月霄復得士禮居所藏舊抄李氏原書十二卷首尾俱完惟十一卷後即接十二卷終而誌刊刻年月姓氏二行疑此二卷兩有殘闕一失其尾一失其首遂誤連為一卷耳是書今歸嫏嬛仙館夏月假讀從殿本逐條對勘一過始知永樂大典中亦据此本收入者也攷是編本傳者著有四十卷想係先時未定之目迨後定本則為十二卷又抄帙僅存至萬歷始一刊刻仍流傳未廣故自來藏書家皆未著録今按殿本八卷計二百九十二條見於原本者計二百二十四條　殿本外增多二百五十五條其殿本有而原本闕者僅六十餘條使全書

果為四十卷則大典中零篇彙輯不應於此十二卷中巳
得十之八而于三十卷中僅得十之一二以此證之則大
典所收即此十二卷之本無疑其闕本多出之條即為此
本十一十二卷本之闕葉數適符合也竊念是書自明以
來世無傳本幸際
右文之代搜輯成編
睿藻褒題海內學者始獲覩李氏之書猶惜其僅五之一而
不無所慊幸得一旦原本復出雖稍有殘闕得大典本補
之遂成完書并知此書之卷帙止有此書而不必致慨于
四十卷之亡佚過半也蓋沈晦幾五百年至昭代而全書

復顯於世夫豈偶然衰年目昏手純艱於繕寫祇取殿本
所關者按卷錄爲二册復即原書篇次輯爲總目附後俾
異日可合　殿本依目重錄以還舊觀或僅依　四庫例
分類成續編附殿本之末願以俟後之君子讀是書者道
光丁亥六月三日

校刻吳郡志跋

范文穆公繼圖經續記作吳郡志繁簡得中嗣後公武文
恪續有撰著皆祖此本然是書毛氏重雕後板經久毀迄
今毛刻且罕覯無論宋槧若雲張君既刊圖經續記欲并
刊此書以成合璧爰即毛本繕梓第汲古當日從殘宋本

開雕如牧守題名卷尾脱一二葉又書中空文未刊自一二字至十餘字者展卷有之校刊既竣君猶以未見宋槧度置以俟遠君謝世尚未摹印昨秋君從子金吾購得郡城士禮居校宋本又續得殘宋本數冊重加校勘訛者正之闕者補之并命 君孫準据以補刊惟書中所引如非海鬭鴨賦天隨采藥賦錢儼觀音禪院碑銘諸篇皆據松陵集文苑英華諸家文集是正者讀宋槧脱誤亦同蓋此書刊于文穆卒後四十年當時校官又續有增修非盡公之初本追汲古重刊更多殘闕今距汲古又一百七十餘一旦復見紹定完帙俾吾吳文獻不至久而無徵君之嘉惠桑

梓功固不朽而金吾與準之善成先志亦有足多者已某昔與校讐為識其顛末如此

校正宋本北堂書鈔跋

此書為岱南閣孫氏所抄影本前有淵如孫觀察序邑蔣君伯生大令得之願校刊此書公諸藝苑以挽鄉先輩竄改之失識盛事也昨歲春君屬余校刊商榷體例并期及蚤蔵事繼得復假瞿子雍明經所藏愛日廬曹楝亭本及稽瑞樓陳明卿本二書皆明刻前寫本遂彙明抱中陳氏刻本合參抄三訛繆畧同而此失彼得可以是正者什之一二餘則取見存之本書暨近古類書如初學記藝文

類聚太平御覽中所引有可依据者參互攷訂又可得什之三四其無可校者闕之迺功未及半君遽歸道山私念遽爾中輟殊負良友之托兼諸同好敦勸卒業當圖共襄剞劂以成君未竟之志遂矢志一力校竣以報知已於地下牽於衣食作輟間之至今秋八月纔草草終卷蓋距昨春開編之始屈指再更寒暑矣歲月如流人生如寄幸天假之緣俾炳燭餘光竟克償此宿負既自以慰又痛君之不及見也適會喆嗣奇男司馬奔喪旋里爰識其顛末以書歸之司馬其克成先志俾虞氏真本晦而卒顯得復流布藝林余耄矣尚拭目俟之道光己亥秋九月朔

書齊民要術後

齊民要術爲隋唐以前僅存之舊籍其書最爲切用而久無善本憶嘉慶初照曠閣刻學津討原惟據津逮中胡震亨本恨無他刻可校幸元人農桑輯要中引所此書幾得十之三四其脱繆之甚者得據以校改桑柘篇脱去一葉亦經掇拾補完惟是出於後人所引終非本書其中文句保無有增損竄易者用是至今耿耿于心今春月霄于鹿城書肆購得明人單刻本其卷首序文雜記已失疑即所云湖湘本也客邸苦雨取胡本勘之亦無甚異同蓋胡本即從此本出也同里陳君子準曾手臨吳門禮士居所藏校

宋本六卷月霄假以畀余遂合照曠新刊本逐條細勘知農桑輯要所引與宋本悉合而凡徵引所未及可刊落胡刻之脱繆者復得二十之二三前後計補脱正文百餘字注文七百餘字卷五脱葉文注四百一十餘字零星羨文訛字及填補空墨又得五百一二十字此書至是始復舊觀矣惜校宋本缺後四卷而農桑輯要中又緣非關民生樹藝者罕所徵引無從通校幸此四卷舊刻脱誤本少無害完書耳竊謂是書宋刻既亡傳本久苦難讀今為月霄校此兩册不啻于愛日盧中增一異本倘將來有好事者據此重刊一洗四百年來相承之繆非為藝林增一快事哉余

自三十年來所校古籍不下五六十種而所最愜心者惟
文房四譜廣川畫跋二書皆從訛繆中力改真面今得此
書而三矣衰年多病炳燭餘光矻矻于陳編爛簡中作一
老蠹魚自笑又自慰也拙經逸叟書

書李翰蒙求後

蒙求一書晁氏讀書志未載陳直齋書錄解題兩云唐李
翰撰明顧起綸序以為即昌黎云作張巡傳者也今四庫
提要定作五代晉之李瀚引李匡乂資暇及五代史桑維
翰傳為證豈不以匡乂為唐末時人距元和時隔六七十
年而去石晉時未久歟然終有可疑者攷宋葉大慶考古

質疑引李瀚蒙求呂望非熊一條下文有曰杜甫李翰白居易皆唐人也又宋繹文瑩玉壺清話載李瀚事兩條一云宋太祖擒劉鋹遣學士李瀚就尚書張昭問俘廟之儀又王梂燕翼貽謀錄載太宗興國二年右拾遺李瀚上書切諫云云則瀚又嘗仕宋未終于晉也今以諸書覲之則資暇所云宗人李翰自屬作張傳之李翰桑維翰之傳李瀚即仕宋之李瀚本為二人名字亦異蓋所云宗人者不過同姓之稱不必並時則以屬前之翰李原不妨礙若以屬後之李瀚則瀚作蒙求更無他證而匡又為唐僖昭時人既見其成書其年齒當亦相近自僖昭至宋太平興國

之初相去百餘年而瀚尚為學士其可疑一也且和凝顯
於五代石晉朝瀚既出其門後又仕宋太宗計其人當生
於五代之初似非匡乂所云之宗人其可疑二也文瑩大
慶王褖諸人去唐五代未遠其言當非無據猶今日談勝
國事者不得不以國初人之言為徵信也聊記見聞以附
質疑之義云爾

書洪武蘇州府志後

吳郡圖經自宋巳亡溯地志者今惟范文穆吳郡志及王
文恪姑蘇志存而巳顧范志刊於宋紹定王志成于明正
德中惟盧袌州熊曾于明洪武初撰有府志五十卷網羅

散失紀載翔實當時絕重其書乾隆間修府志尚見之厥
後三十年　詔開四庫時是書已佚故于明初惟收無錫
縣志蓋爾時藏書家久鮮著錄矣緣范志經吾邑毛氏重
刊而是書自洪武初鏤版至今時幾五百年宜其傳本之
垂絕其書自宋端平後以訖明初歷百三十年朝經再易
其閒州縣疆域之沿革水利賦役之利害與夫官師人物
之廢置盛衰非有是書則宋元之際絕載中絕故攷三吳
輿記者較吳志為尤重宋文獻稱吳中地記向無完文此
書損益舊典為一部郡成書非溢美也此本錢塘何上舍
元錫得之浙中以贈稽瑞陳氏後歸恬裕齋今秋子雍明

經鏞出以見示余為詳其源委著其存佚見此本為佚而
幸存之書允為鎮庫重寶異日郡志重修徵吳中文獻者
舍是編將奚以橐筆從事者哉道光庚子秋九月七十九
叟黃廷鑑跋

又跋

余昔撰三志補記中元州城攷係友人屈侃父軼作借刻
以環山為城斷自明嘉靖閒築城始余向嘗疑之今讀盧
志而知其說之果非也據志中常熟縣城圖西有秋報景
瞻二門由景瞻而西環山而北至宣化門界畫清晰城內
城隍廟三皇殿皆在山麓山上並無寺宇其景瞻門無水

門元時為小西門度其城址是從今城隍廟西由嚴王弄
口循石梅白衣庵環半山辛峯亭下趾色三元堂而至平
地蓋玆山之勢自西趨東南而止乾元宮極目亭居峯之
巔元城不過從山腰環入一角明宏治間城址已更無界
域無憑桑志城圖遂統山頭繪入故乾元宮極目亭如今
日之盡在城中矣然按圖中秋報門即元時景瞻門故址
與今之阜成門在西北隅者相遠而城外南境山圖自讀
書臺始益可證元城在山惟石梅至三元堂一帶而已其
乾元宮極目亭與致道觀嶽廟本在城外屈氏說據張臨
江吳文恪詩李氏印帖為證亦自非謬而不知環山而城

實始於土誠特不如嘉靖時城大拓基址包有全嶺耳姚
少師詩句山半在城高李文安序稱倚山為城皆切證也
今得據盧志城圖復詳攷其實以釋前疑亦一快事也拙
經叟又識

書歸元宮文鈔後

余嘗慨自魏晉以至隋唐其史志所載藝文今存者十不
一二此雖由五厄之遭抑或本立言之未至故傳之有不
永也若夫沈埋既久一朝復顯而又有人焉表章之此必
其人之精神識足以不朽故造物亦不能使之終晦鬱彌
久而發彌光良非偶然也崑山歸元宮先生為太僕曾孫

其文章元本家法而能自出機杼惜國初以來學士大夫未有得見其集者婁東季君菘耘購遺文數十篇說爲僅有手錄之屬余以遺張鹿樵觀察以觀察好表章潛佚且震川全集版藏其家也觀察素重先生名讀而善之謂此吉光片羽亦自足珍方擬刊附太僕集後今春菘耘下榻吾里趙閭鄉孝廉家閭鄉復訪得先生之宗裔藏有詩文稿六册亟假繕錄假偕菘耘參互選汰編爲文六卷詩一卷遂据以付梓至是讀先生之文者可無遺憾矣夫先生之爲人不待文而傳而人向之景行於先生者終以不見其文爲嗛迺是稿之湮晦幾二百年不先不後而忽出於

剞劂將事之先俾由是傳之不朽此中因緣非人力所能致譬之岐陽之石豐城之金有精靈為之呵護而若遥相待者今兩君既興起於百載之下為之蒐討而余支離叟幸得相為參訂以副觀察表章前哲之盛心少陵云文章有神洵不誣也先生之文行卓卓者已詳前叙茲即是集刋布之顛末著之篇後

書屈侃甫永安耆獻狀後

永安耆獻狀一卷所載四十人搜擇詳嚴叙次簡質雖里社小志具有史筆方之襄陽耆舊莆陽人物不是過也惟狀中繆侃題處士尚沿舊志之疎考侃于元至正間值淮

兵亂避地浙東辟署行省郎中督漕運馳傳歷諸郡作渡灘歌見鮑刻玉山璞稿時吳越阻絶父老居虞山溫凊久缺繪故山雲樹并所居猗猗堂為圖題曰望雲以寄志一時名流屬和見平陽陳高詩序亂定歸往來玉山草堂賦詩酬唱楊廉夫袁子英輩咸重之見玉山名勝集是侃固嘗膺禄仕非全韜晦者其題宜棨正也又社中尚有應禎者一為明崑山龔安節詡永樂初避難來常熟嘗設教於九吾堂陳沖家其讀書寓舍曰純庵在琴水之上並見吳訥九我堂純庵兩記一為國初江西俞嘉言昌係前明宗室鼎革變姓名隱于醫遯跡海虞嘗寓半野堂後結廬于北山之城麓以終見錢學士遺事二公皆

可循松圓詩老例入流寓且忠義炳然匹文苑而更上之
也畧摭見聞附書於後續有撰次或有取焉

書史通後二條

余少讀史記夏本紀如羿篡夏太康中興一代興亡缺而不載而伍員之諫見於吳太伯世家夫魏絳之對晉悼與子胥之諫吳王俱見左氏傳中而一載一不載豈史公當日有見有不見耶夫左邱失明厥有國語史公明言之故周語穆王諸篇並載周本紀桓釐以下宜及內傳文而甚畧故有謂史公第見國語而未見左傳者及讀史通外篇雜說論史公稱彌子瑕而不及夙沙衛事以為漢初左傳

未行史公故未之見知此語劉氏實倡之然余未敢信為然也蓋嘗統觀史記列國世家如吳季札觀樂魯敗狄于鹹齊管仲平戎于王桓公召陵之師衛孔悝之亂楚商臣殺君靈王次乾谿諸事所載皆全本左傳文而加點竄非取之國語自餘記載各國文字異時事而事合無大乖繆于內傳者則謂史公未見左傳也豈篤論哉然則史記於左傳有載有不載者何也考漢興三傳並出第以世尚公穀習左氏者少故藏其書者罕加以簡冊繁多或如壁中之經殘闕斷爛史公所見未獲其全所云羿浞夙沙衛事適當其闕本末未具故在所畧歟子元論其一節而未究

全書亦見其跡也或者曰左傳一書本采春秋諸國紀載之史筆削成之周秦之際豈無儒生别有紀述雜取諸國之文為書者如晉世家所載屠岸賈公孫杵臼事亦出於春秋内外傳之外史通所謂多取舊記時采雜説是也故史公未見左傳而其書有同於左氏之文者職是故也是説也倘可為劉氏進一解歟

又

李陵答蘇武書漢書不載文選有之東坡志林言劉子元辨其非西漢文而斷為出六朝人擬作見史通雜説云是編詞采壯麗音節流靡不類西漢人故有謂其風格近東京

人筆者有詞其詞旨非他人所得僞者然皆以文體別之
而未究其情事斷之也案子卿自匈奴使歸後既與李陵
一再通問已迺具書史中自初降至今日一段宛似陵敗
降後與漢廷之臣未一相見而今始致書者然而謂以答
同在匈奴十九年之子卿有是理乎又自先帝授步卒五
千一段自叙戰功詞旨固悲壯亦屬贅言夫陵以力戰無
救敗降史公推其功已暴于天下以是獲罪此在漢廷諸
臣人人能道之曾謂陵與子卿素相知者而復爲是聒聒
不已乎究之不過脫胎史公報任安一書然視史公文縱
極怨憤而骨幹自厚者不侔子元之論是也或而因是并

疑選中蘇李詩則又過矣

書手抄中吳紀聞後

中吳紀聞一册余于嘉慶初從毛刻影寫惜無善本可校置之篋卅年矣昨歲以贈張茂才樹本今夏茂才持其婦翁家園公太史藏本屬校係顧伊人臨校蓑竹堂盧氏元稿亟取對勘補卷六瞿超一則暨脫文數處餘是正者八十餘字未幾又假得友人季菘耘傳臨毛斧季刊後校本同出文莊舊抄者覆刊之除顧校標出外復拾補遺漏幾二百字兩家同据祖本而所校詳畧不同蓋顧有區擇而毛務兼收加以几塵風葉非一覽可盡也噫是書自有嘉靖

坊刻而汲古仍之近照曠刊于墨海長塘刻于叢書皆非
盧氏元藁蓋承訛者幾三百年幸有傳校之本未絶一朝併
出始得合訂以還公武所傳之舊洵乎文章有神非偶然
也余年始壯從事丹鉛每喜手自抄寫今及耄矣自笑老
至不知目昏手强不憚一再校讐而昔抄遂成善本倘異
日有據之授梓以歸掃自來傳本之訛俾士林得睹盧山
真面不亦增三吳文獻之光耶校竟書此并質之茂才以
共欣賞也道光己亥七月

書校建康實録後

建康實録一書畧仿通史體例括六朝興廢簡詳典要自

昔推重而傳本絶少方照曠刊學津討原時聞邑中有虞
巖魚氏鈔本物色之秘不肯出後數年吴門黄氏得從汲
古宋刻鈔本有人借刻未半而歸版與書于張氏續刊完
書即此本也其魚氏本後輾轉歸余及門余用賓處今歲
余館照宋曠人子慎茂才家茂才假以屬勘其家刻此本
向曾為陳子準吴心葵兩君插架俱經畧校一二而未卒
業吴校首二卷陳校宋書總論余迺取吴志合晉宋齊梁陳五書及南
史并魚氏舊抄通勘一過始知新刻出自長洲顧澗蘋校
本較鈔轉勝然除顧氏較校補外脱訛尚多如吴中見一
人操彈佩丸咸以為是脱是字太子登傳晉上雖有不軌之名

名誤者周嵩傳晉中夏五月詔全除一年租布其次聽除半

年布其次三字闕寧康二年後軍文武盡配軍府盡誤書謝安傳

勸彬謝彬曰脱彬謝二字王彪之傳晉下遂邀殺穀等同舉義

誤衍殺字何無忌傳宋上海鹽令鮑陋脱令字高祖紀戊子大赦

天下遵于天子為從父脱下遵于天四字同上宋下梁豫

請内屬以為懷漢郡懷漢二字闕大明元年始壞士族雜婚者

補將吏壞誤懷大明五年宋下魏拓拔燾與質書曰字上脱

燾書及攻盱眙事下童謠云云乃質答書也臧質傳草未及

燃脱燃字及尋陽敗脱敗字蕭惠開傳齊上衆二萬發湓口脱

發字高帝紀復屬籍各封子為侯各誤冬建武元年東昏以卷

名名誤矣史臣曰齊下詔賻錢五萬詔誤頴蕭赤斧傳南門外立
二土闕土字誤作十一魏虜有索干水出定襄脫出字同上氏
凡五字一誤王一誤字餘皆惧元百頃頃誤傾同上梁上又
撰通史躬讚序躬誤聘武帝紀梁下其夜遁歸襄陽遁誤遣
蕭詧傳陳下王勱為右僕射王勱二字闕光天三年以上皆文義
乖繆可据史文訂正者凡二十餘條其餘形聲字誤及訛
闕而無可參證者俱悉注出又得六七十處雖未敢云盡
善視顧校少加精審亦可十得八九矣自初冬至近臘攤
書滿几彌月而畢竊完二君未竟之功惟書中脫簡數葉
非得宋槧完帙無由臆補未知世間尚有傳本否也道光

庚子十一月下澣書

書縮寫元大德刊本白虎風俗二通後

余向聞白虎風俗二通有元刊大字本嗣于嘉慶初得見吳門士禮居所藏本而風俗通已失心耿耿者四十餘年去秋聞吾里瞿子雍明經得此二書欣然挐舟造觀并假歸携至寶閒書館子慎主人見之驚為希有爰命仲子琪縮寫巾箱本行款字數及漫漶殘闕字畫悉彷摹寫諸序之行草書手自臨橅惟恐真失譬之人形體不同而精神面目惟妙惟肖觀者幾咤丈人之化侏儒也此大字本其脫誤雖與明刻無甚異而班書篇目舊第未改書中八妾

於皇明周之類善哉盧氏校勘已著之不復論應氏書氏
世尤罕見中孟某條出畫字三見而未作畫考孟子趙注
本作畫後人傳寫訛畫朱注亦云當作畫音獲相應氏書
本皆畫字此葉適明人補刊遂改為畫而改之未盡留此
一字猶足顯元本之善昔人惟據史記王蠋畫邑人以辨
其訛今得應氏引本書證明之迺為更確矣餘如青菁訌
許誓哲京原古書通假字後人訾為訛謬者皆可據此本
正定之益信元刊之勝俗本多也噫古刻日亡子雍之通
假子慎之愛古其志洵嘉尚而余更幸元刊之得重慶一
種子也寫竟屬校遂書其顛末於後道光辛丑九月

校書說一

客有問于余曰子之校書以不改為主如此又曷取于校乎余應之曰是乃所謂校書也古人校書祇于一書有諸本者攷其同異別其音義定成善本未有採摭他書之文以竄改者漢人解經首推康成其注禮記如書之兑命尹吉言乃讙周田觀文王之德詩之以畜寡人我今不閱履無咎言有楛德行第云某字書字詩作某仍即本文詮解未嘗輕言一字也又如史記漢書凡引詩書其文多與今書不合而裴駰司馬貞如淳師古諸家之注皆悉仍本文釋之由此言之書之不容輕改明矣客曰御覽出自後代

類書非經史比且其舛錯謬誤多不可卒讀校而不改可乎余曰御覽雖非經史猶宋初古籍校書之體不可易也惟應據諸本異同攷其得失擇善而從倘諸本皆同而其義絕不可通者迺證於所引之本書本書既佚不得已迺證之唐代類書及子史各注其實有形聲脫誤之迹屬後人傳抄之誤者乃可改之否則明知其誤無寧闕疑蓋不當改者固不可改即不可不改者必慎之又慎如是則改者自少以云不改不亦可乎客又曰古書取其津逮後學如子之說仍繆襲訛則何貴于校刊且今所傳經史與近代類書皆海內通行之本學者所依據而必執御覽之

殘文斷簡為是何子之膠固已甚乎余應之曰御覽之書成非一手其中體例之雜采錄之舛誠所不免在今日貴重之者特取其唐以前既佚之書幸存一二可資考據其所引經史百家與今書不合者大約非今古傳本之不同即出自編纂諸臣之損增其是者固作廣好古之見聞其非者可存而不論至既佚之書又從何而臆斷之與其信轉相販鬻之類書不若信御覽為得矣使必一一求其文從字順吾恐非者未必去而是者或轉為非自是御覽之書與村塾兔園無異攷古者奚從藉以為攷据之資哉近人有云誤于不校者可以校治之誤于校者其弊將不可

治真名論也況今日校刊其書非重修其書不害傳疑海内人士欲讀御覽者俱苦于無書不苦其謬誤安見少邪子才其人而慮其難讀乎倘見其與通行諸事異從而嗤點之者其人必不肯讀御覽者也亦不能經史諸書者也子可無慮此問者唯唯而退

校書說二

客既退同學張子問者先生之說證之漢人解經之法固有合矣信好如朱子於大學則定章句矣於孝經則有刋誤矣或重定篇次或刪易字句至今遵行豈朱子亦可非乎余曰朱子之刪定豈後人改書之比如大學傳首三四

章下皆注云舊本在某句下孝經經一章下注云舊分為
幾章衍去引詩引書者幾凡所更定必詳註舊本云云則
雖改而本書之舊仍存即謂之未改可也且子以為改書
起于朱子余則以為校書而不改書者莫善于朱子不獨
解經然也觀陰符參同考異則兼解文義也韓文考異則
正其字句也皆博采諸本詳列句下以朱子之識學何難
折衷一是而猶作傳疑未敢專斷者誠慎之至也且校之
與改義亦迴別凡同一書而据甲本以改乙本者謂之校
校乙書而摭他書以改者謂之改者憑臆竄亂而并滅其
迹者則改而妄矣妄改之病唐宋以宋護守師法未聞有

此其端肇自明人而盛啟禎之代凡漢魏叢書以及稗海說海秘笈中諸書皆割裂分并句删字易無一完善古書面目全失此載籍之一大厄也

國朝文教蔚興名儒輩出皆知講求實學宋元古籍寶護惟謹近抱經經訓兩家校刊諸書皆稱善本實一洗明代庸妄之習然多据他書以攷訂一是未合唐宋以前先儒謹守之法所善[補]本在注存舊本不没其真循循朱子攷異之例俾學者得以考其得失則是寓攷于校而非專一于攷也若苐法盧畢兩家据他書攷訂之意而去其注存舊本之例則又專注于攷而全失校書之法其與明代眉公

小篆天寫

諸人相去幾何哉夫今人之學識遠不逮古人重以八百
餘年之古籍所載又多漢魏六朝遺文艱深隱奥讀之者
方且目瞪舌撟茫無涯涘即闕其所不知亦誰得而訾
議之顧欲挾三家村學究㗭點童子舉業伎倆强作解事
屑屑求通以自居于考訂多見其不知量也

藏書二友記

物莫壽于金石而三代以下咸陽之鐘嶧山之碑熹平之
石尚皆泐滅無存况載籍著于竹帛蠹敗尤易自漢以迄
隋唐史志所載藝文存者僅百之一二説者謂由于繕寫
之艱而傳本之少理固然也自宋代以來雕版浸多雖大

部巨編皆可坊市購買朝求夕得且摹印之易而逺其多
又百部于繕錄宜其傳于今者不少乃歷元明至今才六
百餘年而兩宋剞劂已與秦漢之金石同珍豈好而藏之
者鮮歟抑何傳之難而散之易也國初以來大江南北藏
書踵起而吾虞之錢氏毛氏實為稱首然皆不再傳而失
之他如昆山徐氏泰興季氏維陽馬氏淡生之祁小山之
趙皆隨聚隨散惟浙之四明范氏自明至今三百餘年尚世守
不替而邑中自兩家後亦寂無嗣響者迺知不第藏之難
而守之正非易也方　今文教浸昌海内嚮風爭購宋元
舊刻及　四庫已佚之書而吾邑繼起者又得兩人焉一

曰陳子準一曰張月霄二人家世儒學舊有藏書至二君
而更擴大之月霄之藏弆後于陳君十年不數載而富與
之埒儲藏之名今遂並甲於吳中四方之名士書林之賈
客挾秘册訪异書望兩家之門而投止者絡繹于虞山之
麓尚湖之濱嘻盛矣張居西關陳居稍南相去不半里皆
面城臨水暇輒過從各出所獲賞奇辨疑有無通假相善
也兩君志趣同而各有所主張則鍾于經籍而兼愛宋元
人集陳則專于史志而旁嗜說部其大較以網羅散佚存
亡繼絶為宗旨其于書也張則樂與人共有叩必應陳則
一室靜研慎于乞假余于張為及門陳則世講也故二家

之書皆得借讀余嘗謂月霄古書固不吝客第得之太易
則人不知珍惜昔人以鬻書與借人並稱不孝良有以也
君宜師子準之慎而陳君亦宜少濟以君之通洒為得之
兩家所藏不下十餘萬卷去其世有傳本與秘而無關學
問者彙宋元舊刻及新舊抄遴其精妙尚可得一二萬卷
其中多吾邑錢毛二家舊物淪落他方百餘年而復歸故
土其事殆非偶然兩君年方逾壯假之以歲月要之以不
息他年稽瑞之樓愛日之廬當有突過于絳雲汲古者并
以四明范氏為祝焉余老矣為作此記以徵其說之然否

讀知不足齋 賜書圖記

烏鎮之有知不足齋藏書也
宸章特賜褒題其儲藏之富甲于江浙而尤爲希世之籍
人不得見者
圖書集成賜書在焉是書自
廣内尊藏外乾隆朝海内蒙賜者四家而鮑氏居首鯫生
末學願讀者每恨生不同里望之如在天上月霄張子輯
金源文有年雖廣搜金石之遺旁探道釋之藏終以未讀
鮑氏
賜書爲恨曩東張明經椒卿余之契交而月霄之師也客
授湖洲郡署與淥飲先生之令嗣志祖君爲之介紹許假

館烏鎮次第借讀月霄欣然遂于已卯閏月買舟招余同往值主人有事吳門未歸屬小阮聽香秀才為之主居停于鎮之南宮道院日自齋中載五六百册分編披讀時當初暑揮汗如雨日暮蚊蝱四集燒燭繼晷目為之昏不恤也凡六日而畢其齋去鎮四五里于將行之日造焉邨落幾家淥水環門青山入牖桑麻竹樹彌望一色真讀書耕隱之所也慨淥飲既亡詢及祕抄異錄已多散失而賜書歸存為海內書城鉅觀故今數藏書家者終推知不足齋為第一是役也月霄得金文廿篇復自湖至杭泛西湖拜岳墓歷淨慈昭慶而歸計往返未二十日讀祕府之

書覽武林之勝可謂極生平之壯觀矣今夏四月金文百
卷寫竣行付剞劂月霄緬想勝遊乞同里芑香胡君繪讀
知不足齋　賜書圖以誌不忘以余為偕讀之人乞記其
顛末余念昔吾鄉馮巳蒼昆仲聞寒山趙氏藏有宋槧本
玉臺新咏未肯假人嘗于冬月挈其友艤舟支硎山下于
朔風飛雪中挾紙筆袖炊餅數枚入山逕造其廬迺許出
書傳錄墮指呵凍窮四晝夕之力抄副本以歸旁人笑為
癡絕不顧也時傳為佳話今月霄嗜書之癖不亞二馮君
而聽香之賢又過于趙氏誰謂古今人不及哉月霄青年
嗜學其志行直欲力追古人奚籍是圖以傳而余則竊以

掛名圖中爲幸故不辭而爲之記道午乙酉端午前三日

與張若雲州司馬論太平異御覽考異書

承示御覽攷異稿一卷屬僕攷訂閱之殊與鄙見不合而其體例亦多未盡善今爲閣下悉陳之按古人攷異之書肇始于陸氏之經典釋文而成于朱子之韓文攷異蓋先據一善本爲主作正文而後以别本中有异同者云一本作某附注于下其引經史處有駁文者則仍其舊而别引經史本文以證明之此昔人撰述之通例也如今御覽考異自當以宋舊抄本爲主明刻本雖劣其中有義可兩通及似是而實非者當並存之注云刻本作某或一本作某

非以辨别之舊抄與宋本异者同此例至于抄刻皆同而
核之經史百家古本原文互异者如顯然謬誤人所共知既
經新刻改正無庸注明其餘如人名姓氏山川郡縣典章
制度以及文義脫落乖謬處皆當一一詳注御覽原文作
某原脫幾字今据某書正云云以存宋本之舊其御覽似誤
而句義略有可通者即當仍御覽本文而别引所引之本
書以疏通此乃作此書攷異之體例也至引諸書之例亦
不可雜如所引之書本書見存總以見存之本書為据旁
參唐宋以前經史注文已足徵信惟其書既佚者自不得
不摭及類然總以唐代為斷蓋御覽一書成自宋初其所

摭拾書唐初以上居十之九大抵即据隋唐類書為藍本則證以唐代類書尚可得其彷彿至明人天中記諸書轉相販鬻或妄易字句全失古書面目倘据以校刋是猶以漢法況周制也至淵鑑類函為

本朝敕撰之書囊括古今為自古類書之冠謹繹其為書體例就明俞氏之唐類函而損益之凡所以隋唐以前故實除已見于唐類書者外若唐類書所未載别据古書采入者又如標題太平御覽而其文與今本有異同者皆當一一恭録以定折衷他若格致鏡原諸篇出自近人者亦可不必複引矣承齋周君所云既得其綱領而于撰述之

節目尚未詳悉管窺所及祈閣下與諸君酌定之蓋體例
一定則綱舉目張按例纂錄自然有條不紊而僕亦得所
籍手矣即候鴻裁示復不宣

三輔黃圖跋

此本据長洲千里顧君校本傳錄顧君又從吾邑毛斧季校宋本錄出者也首尾通為一卷與隋志合元本有鉤乙行款係每葉十行行每二十字至二十二三字不等惜其中有缺而未鉤處頗云無從全識其面目今亦不復備錄又中有宋本謬誤顯然者稍去之其兩通　存疑可備參攷者並著于篇云道光初元拙經居士廷鑑記識

廣川畫跋跋

廣川畫跋一書世鮮傳本受日廬中藏有舊鈔本是從元人孫道明本录出者予猶借抄一帙惜卷中多空格而未卷後四葉歲久

紙敝每行末脫去三四字者及傳寫訛繆間有不可讀處惜無別
本可校今秋月霄又得明嘉靖間升菴楊氏刊本屬余校勘前有
劉大謨序後有升菴自叙第楊本紕繆亦多中脫文有連失一二
篇者及此文錯入他文之尾者二處惟六卷中脫字尚全而舊抄
亦有脫去全行者四五處皆據以補完亦快事也至兩本字句異
同處頗多而得失亦互見並錄之以俟善讀者之自擇焉黃廷鑑
校訖識

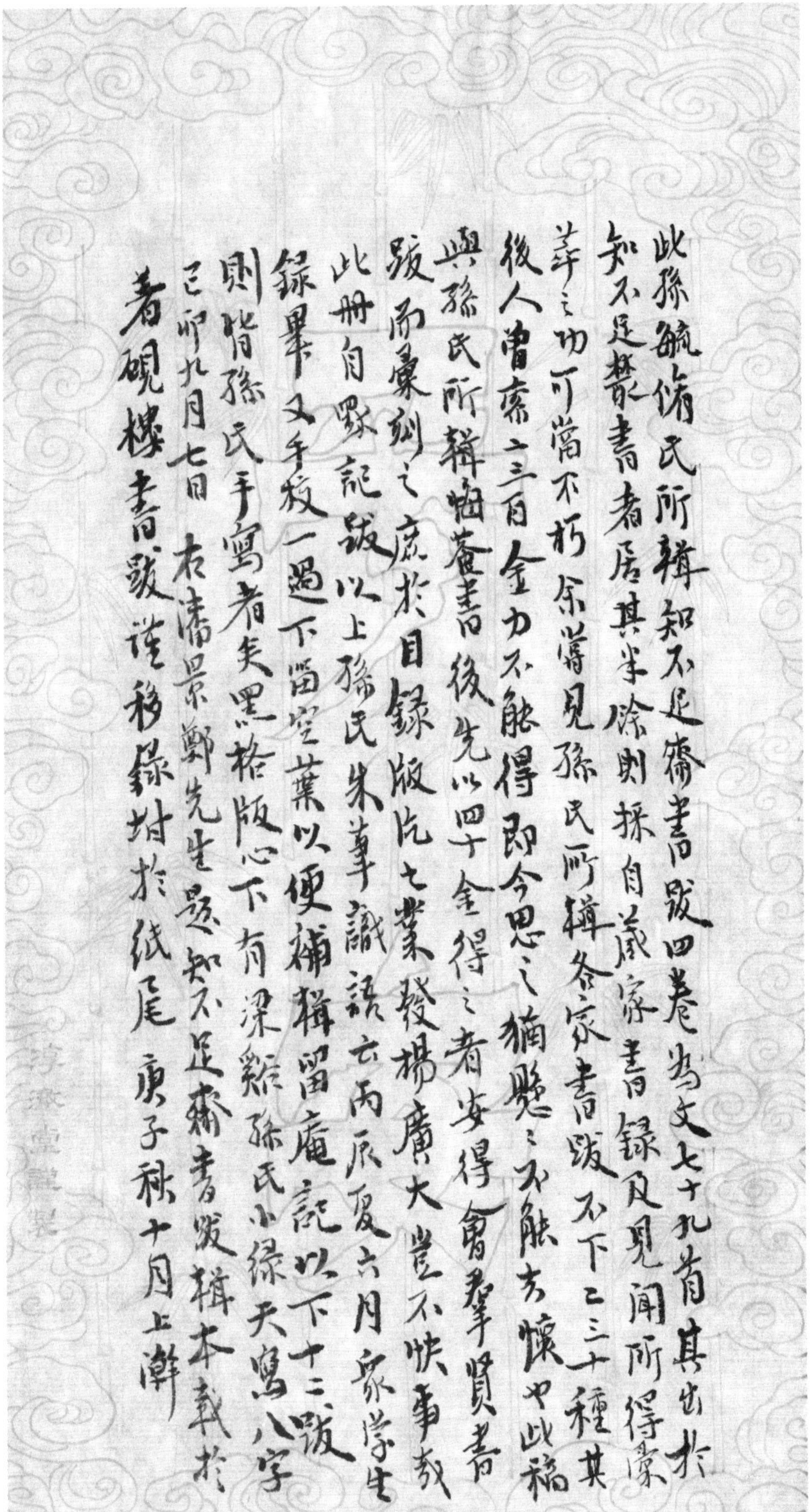
此孫毓修氏所輯知不足齋書跋四卷為文七十九首其出於
知不足齋書者居其半餘則採自藏家書録及見聞所得蒙
莘之功可當不朽余嘗見孫氏所輯各家書跋不下二三十種其
後人曾索二三百金力不能得即今思之猶懸之不能去懷也此稿
與孫氏所輯猶蓄書後先以四十金得之者安得會聚賢者
跋而彙刻之庶於目録版片之業發揚廣大豈不快事哉
此冊自鄭記跋以上孫氏朱筆識語云丙辰夏六月家学生
録畢又手校一過下留空葉以便補輯留庵記以下十二跋
則皆孫氏手寫者矣黑格版心下有梁谿孫氏小綠天寫八字
己卯九月七日 右潘景鄭先生題知不足齋書跋輯本載於
著硯樓書跋謹移録附於紙尾 庚子秋十月上澣

歸安嚴脩能先生精治目録板本之業，露鈔雪纂，垂老不倦，又明於經術，所著爾雅匡名、娛親雅言，傳誦人口，其悔菴學文八卷，所録書跋，又多未具，今藏家得先生遺書，每見先生跋語，考核精審，惜無有為之裒輯成袠者。余頗欲掇拾其書跋，別為一編，塵事雜沓，卒卒未果。曩歲小渌天孫氏書散，偶見其中有孫氏手輯悔庵者後三卷，多為集中所未録者，孫氏竭數十年之功力，凡得跋文六十三首，書札一首，讀之想見先生畢生精力所萃，略具於斯焉。至其文字之精蘊，當與吾鄉思適居士相伯仲耳。安得奮吾餘力，為之傳佈，以成孫氏未竟之業，是亦士林之快事。書此以為左券。己卯九月三日。

右潘景鄭先生題悔菴書後，稿本載諸著硯樓書跋，此書出讓撤去，敬補録附於尾。